KB272699

매일 책을 읽다 보니
작가가 되었다

매일 책을 읽다 보니 작가가 되었다

초판 1쇄 인쇄 2026년 4월 20일
초판 1쇄 발행 2026년 4월 23일

지은이 | 박상호
펴낸이 | 임종관
펴낸곳 | 미래북
편   집 | 정윤아
본문 디자인 | 디자인 [연:우]
등록 | 제 302-2003-000026호
주소 | 경기도 고양시 덕양구 삼원로73 고양원흥 한일 윈스타 1405호
전화 031)964-1227(대) | 팩스 031)964-1228
이메일 miraebook@hotmail.com

ISBN 979-11-92073-92-7   (03800)

값은 표지 뒷면에 표기되어 있습니다.
잘못된 책은 구입하신 서점에서 바꾸어 드립니다.

매일 책을 읽다 보니 작가가 되었다

박상호 지음

MIRAE BOOK

나는 독서와 거리가 먼 사람이었다.

바쁘다는 멋진 핑계와 피곤하다는 나태한 이유로 스마트폰만 오래 붙

잡고 있던 사람이었다.

그런데 어느 날 문득 이런 생각이 들었다.

'이렇게 살아도 될까?'

하루하루를 힘겹게 살아내고 있는데

어디로 가는지 모르는 느낌이었다.

월급은 들어오지만 미래는 선명하지 않았고

사람들 사이에 있지만 외로웠으며

노력은 하는데 방향은 확신이 없었다.

그때 내 인생에 들어온 것이 책이었다.

처음 시작은 미비했다.

하루 10분, 아니 5분이라도 좋다고 스스로를 다독였다.

그 작은 약속이 내 인생의 물줄기를 바꾸기 시작했다.

책은 나를 꾸짖지 않았다.

책은 나를 재촉하지도 않았다.

다만 조용히 알려주었다.

"너도 할 수 있다."

"지금의 상황이 전부는 아니다."

"생각이 바뀌면 인생이 달라진다."

독서를 시작하면서 가장 먼저 달라진 것은 생각의 깊이였다.

감정에 휘둘리던 내가, 질문을 던지기 시작했다.

불평하던 내가, 방법을 찾기 시작했다.

두려워하던 내가, 도전해 보기 시작했다.

그리고 깨달았다.

책 속에 답이 있음을.

책은 누군가의 평생에 걸친 지혜를 배울 수 있는 통로다.

실패의 비용을 직접 치르지 않고도 배울 수 있다.

독서는 내 자존감을 회복시켜 주었다.

내 삶의 언어를 바꾸어 주었다.

그리고 결국, 내 인생의 방향을 바꾸어 주었다.

난 특별한 사람이 아니다.

재능이 남다르지도 않았다.

다만 한 가지를 지켰다.

"매일 책을 읽는다."

그 습관이 나를 여기까지 데려왔다.

혹시 지금 인생이 막막한가?

무언가 바꾸고 싶은가?

어디서부터 시작해야 할지 모르겠다면 서점으로 가자.

거창한 결심이 필요하지 않다.

거대한 목표도 필요하지 않다.

오늘 단 한 페이지면 충분하다.

이 책이 당신 인생의 한 페이지가 되기를 바란다.

Contents

PART **3**

책을 나의 것으로 만드는 기술

PART 4

책이 가진 조용한 힘

PART **5**

읽기에서 쓰기로, 그리고 작가로

매일 책을 읽기로 했다

매일 책을 읽다 보니 작가가 되었다

책이 주는 이로움은 셀 수 없이 많지만,
내가 책을 읽는 이유 중 하나는
나는 나를 믿지 않기 때문이다.
나는 언제든지 틀릴 수 있고,
때로는 너무나
어이없는 실수를 할 수 있기 때문이다.
내가 옳다고 생각하는 것이
세상의 기준에 맞지 않을 수 있다.

01

꿈이 없는
아이

　45년 살면서 내가 정말 잘한 일 2개를 꼽으라면 일본에서 신문 배달을 했던 것과 책을 가까이 두는 습관을 만든 것이다.

　책을 만나기 전 내 인생은 시궁창이었다. 사람들 앞에선 밝은 척 당당한 척했지만 내 마음속에는 가난에서 오는 불안과 결핍이 늘 함께하고 있었다. 초등학교 때 우리 집은 쌀가게를 했다. 가게 이름은 '양곡 판매점'이었다. 센스있는 간판에 비해 밥벌이는 신통치 않았다. 새벽에는 신선한 달걀을 납품받아 팔았고 늦은 밤까지 무거운 쌀가마니를 메고 배달까지 했지만, 우리 집은 단칸방 신세를 벗어날 수 없었다.

부모님은 자주 다투었는데 모든 원인은 돈이었다. 장사가 시원치 않은 달은 월세도 못 내었기에 주인집 할머니에게 어머니가 사정하는 모습을 심심치 않게 볼 수 있었다.

나의 친할아버지는 밀양에서 제일가는 부자였고, 외가 또한 부산에서 나름 잘사는 편에 속했는데 왜 우리 집은 가난한지 의문이었다.

그 당시 나의 소원은 벌레가 나오지 않는 집. 공동 화장실이 아닌 우리 가족만 사용하는 화장실이 있는 집에 사는 것이 꿈이었다.

학교에서 조사하던 장래 희망란에는 언제나 회사원이라고 썼다. 친구들은 대통령, 과학자, 연예인을 적어 낼 때 난 현실적인 희망을 적었다. 회사원이 되면 깔끔한 정장을 입고 출근하고 매달 안정적인 월급을 받으면 돈 때문에 허덕이지는 않을 거라고 생각했다.

쌀가게를 해서는 답이 없다고 생각했는지 아버지는 내가 중학생이 되었을 때 건축 관련 사업을 시작했다. 타고난 강단과 부지런함으로 사업은 성과가 나타나기 시작했다. 아버지 회사에 일감이 몰리기 시작했고, 직원들도 조금씩 늘어갔다. 드디어 우리 집에도 희망이 보이는 듯했다. 하지만 생각지도 않던 일이 벌어졌다.

바로 IMF였다. 아버지 회사는 대한민국 재계 서열 14위였던 한보 철강 하청업체였는데, 한보철강이 부도가 나면서 아버지 회사도 문을 닫게 되었다.

TV 드라마에서나 보던 빨간딱지가 우리 집에 도배되었고, 빚쟁이들은 하루가 멀다 하고 집으로 찾아와 행패를 부렸다. 집, 가전제품 등 돈이 될만한 모든 것은 경매로 넘어갔고 우리 집은 전쟁 속의 폐허가 되어버렸다. 세상은 무서운 곳이라는 것을 뼈저리게 느끼게 되었다.

빚쟁이들의 계속되는 독촉에 못 이겨 우리는 부산을 떠나 쫓기듯 밀양으로 이사를 가야만 했다. 17살의 사춘기를 얌전히 잠재울 만큼 세상은 잔인했다.

02

9년 만에
대학 졸업,
서른에 취업

난 수능을 두 번 치렀다.

첫 번째 수능은 원하는 대학에 갈만한 점수도 아니었을 뿐 아니라, 대학에 갈만한 형편이 안 되었다. 친구들은 수능이라는 지옥에서 해방되어 캠퍼스의 낭만을 만끽할 때, 난 아르바이트를 하면서 다시 수능이라는 괴물과 싸워야 했다.

하루하루 너무 힘들었다. 고3 때보다 몇 배로 힘들었다. 학생 때는 나 혼자가 아닌 전교생 모두의 고통이었다면, 지금은 오롯이 나 혼자서 이 고통을 이겨내야 하기 때문이다.

뻔한 살림에 아르바이트까지 하며 공부해야 했기에 가난이 주는 불편함을 남들보다 잘 알 수 있었다.

많은 사람이 이렇게 이야기한다.

"가난은 부끄러운 게 아니라 불편한 것이다."

하지만 나는 가난을 이렇게 이야기하고 싶다.

"가난은 부끄러우면서 불편한 것이다."

우리 집이 쌀가게를 할 때 난 10kg짜리 쌀가마니를 메고 배달을 간 적이 있었는데, 그곳은 내가 좋아하던 우리 반 여자애의 집이었다. 그 애를 본 순간 난 너무 놀라 쌀가마니를 내팽개치고 돈도 받지 않고 뛰쳐나왔던 적이 있다.

30년이 지난 어린 시절의 기억이지만 그때를 생각하면 아직도 가슴이 먹먹하다.

그렇다고 가난한 부모님을 원망하진 않는다. 나의 부모님은 다른 부모님과 마찬가지로 자식을 위해 헌신했고, 더 나은 세상을 꿈꾸며 하루하루를 살아가고 있기 때문이다. 다만, 운이 없었을 뿐이다.

난 그렇게 생각한다. 40년 넘게 살아보니 노력한 만큼 반드시 결과가 따라오는 건 아니더라.

시간은 흘러 나는 대학생이 되었고, 군대도 전역을 했다.

군대만 전역하면 난 뭐든 할 수 있을 거라 생각했다. 2년 2개월이라는 시간을 군대라는 특수집단에서 생활했으니 사회는 비교적 쉬울 거라 생각했다.

하지만 나의 이 오만한 생각은 그리 오래가지 않아 착각임을 알게 되었다. 당장 대학교 등록금부터 내 앞을 가로막았다. 등록금 마련을 위해 또 휴학을 해야 했고, 학교에 다니면서 생활비와 다음 학기 등록금 마련을 위해 아르바이트를 해야만 했다.

캠퍼스의 낭만은커녕, 이런 식으로는 취업도 힘들 거라는 생각이 들었다.

모두에게 똑같이 주어진 하루 24시간.

전공과목 공부도 해야 하고, 토익시험, 자격증 시험, 면접 스터디까지 하루 24간을 온전히 다 쏟아부어도 시간이 모자라는데 난 6시간을 아르바이트에 써야 하니 너무 불리한 게임이었다.

나에겐 뭔가 특별한 한방이 필요했다.

그래서 난 일본으로 어학연수를 결정했다. 2004년 당시 일본의 아르바이트 평균 시급은 1만 원으로 우리나라보다 2~3배가량 높았다. 돈도 벌고 일본어도 배울 좋은 기회라고 생각했다.

군대에서 취미로 일본어를 공부하긴 했지만 제대로 된 일본어는 한마디도 할 수 없었다. 하지만 그 당시 나에게는 일본 말고는 답이 없다고 생각했고 왠지 모르게 좋은 일이 생길 것 같은 느낌이 들었다.

그래서 나는 단돈 5만 엔을 들고 일본의 수도 도쿄로 건너갔다.

나의 평일 일과는 이랬다.

- 오전 2시 기상
- 오전 2시 30분~6시 조간신문 배달
- 오전 8시 30분~12시 30분 일본어 학교 수업
- 오후 2시 30분~5시 석간신문 배달
- 오후 7시~9시 수금 및 영업
- 오후 10시 취침

하루 평균 4시간씩 자며 1년 6개월을 버티다 보니 돈도 꽤 모았고 일본어 마스터가 되어 있었다.

귀국 후, 어린 시절부터 꿈이었던 회사원이 되기 위해 부지런히 스펙을 쌓았다. 학점, 토익점수, 일본어, 자격증, 봉사활동까지 모든 것이 완벽했다.

한 가지 아쉬운 점은 등록금 마련을 위해 휴학과 복학을 오가다 보니 4년제 대학을 9년 만에 졸업했다는 것이다.

가정형편이 좋지 않았던 나에게 최고의 직장은 연봉이 높은 회사였다. 그래서 대학 졸업 후 나는 대기업에만 지원했다. 하지만 대기업의 벽은 내가 생각했던 것 이상으로 높았다. 그렇게 또 1년이라는 시간이 흘렀고 계속되는 불합격으로 나의 자존감과 자신감은 바닥을 향해 가고 있었다.

속상하고 화가 났다.

'도대체 내 인생은 왜 이렇지?'

'왜 이렇게 안 풀리지?'

친구들은 이미 취업해서 멋진 직장인이 되었는데, 나만 세상의 물살에 떠내려가고 있는 기분이었다.

그렇게 난 하염없이 떠내려가고 있었는데, 나의 형편을 잘 아는 친구가 제약회사 연봉이 대기업 못지않다며 한번 지원해 보라고 했다.

그렇게 서른이라는 조금은 늦은 나이에 나는 드디어 회사원이 되었다.

03

타락한
회사원

초등학교 6년, 중학교 3년, 고등학교 3년, 재수, 대학교 9년 동안 아등바등 공부해서 취업을 하기는 했는데 그다지 행복하지 않았다. 대기업은 아니지만 죽을 고생해서 배운 일본어를 살려 일본계 회사에 말쑥한 정장을 입고 출근하는 꿈을 이루었는데 말이다.

무언가 공허한 마음이었고, 삶이 그다지 재미가 없었다.

매일 밤 TV로 시간을 죽이고 있었고, 주말에는 늦은 시간까지 술을 마시고 다음 날은 숙취로 힘들어하는 날들의 연속이었다.

가만히 생각해 보니 고등학생 때까지는 조금이라도 좋은 대학에 입학하기 위해, 대학생 때는 대기업 취업이라는 목표가 있었는데, 그 이

후의 삶에 대해서는 생각을 해본 적이 없었다.

그래서 삶이 공허하고 인생의 의미가 흐려진 것 같다.

내가 진짜 좋아하는 것이 무엇인지, 무엇을 잘하는지, 어떻게 살아가야 하는지에 관해 생각해 볼 여유가 없었던 것이다.

그러다 보니 무기력증이 찾아온 것이다.

어느 날 문득 책장에 꽂혀 있는 책 한 권이 눈에 들어왔다.

류시화 시인의 『외눈박이 물고기의 사랑』.

내가 아르바이트하며 재수하던 시절, 일하던 가게에 자주 오던 여중생이 수능 잘 치라고 선물로 준 책이었다.

파릇했던 시절의 추억이 생각나 책을 꺼내 읽기 시작했다. 마지막 책장을 넘기고 책을 덮는데 가슴 뭉클한 무언가가 올라왔다. 도대체 얼마 만에 책 한 권을 다 읽어 본 건지….

스스로가 대견스러웠고, 무언가 큰일을 한 것 같았다.

04

나는 매일
책을 읽기로
했다

류시화 시인의『외눈박이 물고기의 사랑』을 읽은 후, 책에 조금씩 관심이 생기기 시작했다. 그날 이후 틈나는 대로 조금씩 책을 읽었다. 내가 살던 원룸에서 10분 정도 떨어진 곳에 신세계 백화점이 있었는 데 백화점 안에 교보문고가 입점해 있었다.

다들 아는 사실이지만, 교보문고는 책을 사지 않더라도 편하게 책을 읽을 수 있게끔 많은 배려를 해놓았다. 서점 여기저기에 책을 읽을 수 있게 자리를 마련해 놓았고, 조명도 책 읽기에 더없이 좋은 밝기이다. 덕분에 난 다양한 종류의 책을 읽고 싶을 때 바로 서점에서 읽을 수 있었다.

대략 20권 정도의 책을 읽고 나니 불안으로 가득했던 머릿속이 맑아지기 시작했다.

"지금 인생이 공허하고 재미있지 않다면, 나와 함께 독서 여행을 떠나보자."

"내가 책의 힘을 보여줄게."

책의 속삭임이 들리기 시작했다. 고작 20권의 책을 읽었을 뿐인데 이런 변화가 나타난다면 100권을 읽으면 어떤 변화가 일어날지 궁금해졌다.

무기력한 현재의 나를 어쩌면 책이 바꾸어 줄 수 있을 것 같았다.

그래서 나는 매일 책을 읽기로 결심했다.

<h1 style="text-align:center">책만이
내 편
이었다</h1>

이 세상에 진심으로 내 편이 되어 주는 존재가 있을까?

가족도, 친구도, 사랑하는 사람도 결국은 각자의 인생을 살아가야 하기에 내 마음을 온전히 이해해 주는 이는 없다는 걸 깨닫는 순간이 온다.

그때 조용히 내 곁에 남아 있던 건 책이었다.

책만이 내 편이 되어 주었다.

세상은 늘 시끄럽고, 사람은 변하지만

책은 언제나 묵묵히 제자리에 있었다.

상처받은 날엔

책 속 문장이 내 어깨를 토닥이며 속삭여 주었다.

"괜찮아. 너는 이미 충분히 잘하고 있어."

그 한마디는 그 어떤 위로보다 따뜻하게 가슴에 스며들었다.

책은 나를 판단하지 않는다.

잘못된 선택을 해도, 길을 잃어도, 책은 다그치지 않았다.

그저 내 곁에서 조용히 촛불처럼 빛나며

다시 시작해 보자고 말해주는 친구 같았다.

세상은 이해받지 못한 사람에게 냉정하지만

책은 이해받지 못한 이의 편이 되어 준다.

때로는 현실이 너무 버거워

속마음을 털어놓고 싶은 날이 있다.

그럴 땐 책 속 주인공에게 내 이야기를 보냈다.

그들이 대신 울어주고, 웃어주고

내가 하지 못한 말을 대신 해주었다.

책장을 덮을 즈음엔 묘하게 마음이 조금은 가벼워져 있었다.

책이 내 마음의 먼지를 하나씩 털어주고 있었던 것이다.

06

책이라는
날개를
달다

또래들에 비해 늦게 취업했지만, 난 목표로 했던 회사에 입사했다. 일본을 대표하는 기업이며, 일본 대학생들이 취업하고 싶은 회사 설문조사에서 늘 상위에 랭크 될 정도로 연봉과 근무 환경이 좋은 회사다. 무엇보다 좋은 점은 일본에서 힘들게 배운 일본어를 써먹을 기회가 생긴 것이었다. 그 회사의 여러 계열사 중 난 제약 관련 계열사에서 일하게 되었다.

본사는 일본에 있고 세계 여러 나라에 지사를 두고 있는 글로벌 제약회사인데 난 한국지사 부산지점으로 발령받았다.

서울을 제외한 지방 사무실은 모두 영업 부서이다. 영업부는 실적이 인격이다. 실적만 잘 나오면 무슨 짓을 해도 귀염받을 수 있는 재미있는 부서다. 게다가 다양한 인센티브는 덤으로 따라온다.

실적이 안 좋으면 죄인이 되는 부서이긴 하지만 난 영업부가 나쁘지 않았다.

무엇보다 업무시간에 책을 읽을 수 있는 것이 가장 큰 메리트였다. '업무시간에 책을 읽다니 무슨 소리야?'라는 생각이 들 것이다.

내가 담당했던 병원은 모두 규모가 어느 정도 있는 종합병원이었다. 종합병원의 특징은 대기시간이 길다는 것이다. 병원에서 가장 우선순위는 당연히 환자이다. 환자의 진료가 끝나야 의사를 만날 수 있다.

이 기다림의 시간이 나에게는 독서의 시간이다. 조용히 서류 가방에서 책을 꺼내 읽다 보면 내 차례가 온다. 그리고 진료실에 들어가서 의사를 만나 좀 전에 읽은 책 이야기로 오프닝 멘트를 시작했다.

의사들은 상상 이상으로 바쁘다. 외래진료, 회진, 수술, 각종 세미나 준비 등으로 항상 시간이 부족하기에 의학 정보 외에는 모르는 정보가 많다. 그 정보를 내가 전해주는 것이다. 책 내용 중 흥미 있는 내용으로 오프닝 멘트를 시작하면 대화를 수월하게 이끌어 갈 수 있게 된다.

영업의 기본은 신뢰다.

신뢰는 하루아침에 만들어지는 것이 아니다.

대기실에 앉아 스마트폰으로 게임을 하는 영업사원과 책을 읽고 있는 영업사원 중 누가 더 신뢰를 줄까? 그렇게 난 병원에서 10년이 넘는 시간 동안 한결같이 독서하는 모습을 병원 관계자들에게 보여주었다. 그 덕분에 수월하게 영업할 수 있었고 다른 영업사원과는 비교도 할 수 없을 정도의 신뢰를 확보할 수 있었다.

그리고 이것은 영업 실적으로 이어졌다.

그렇다고 내가 드라마틱한 영업 성과를 낸 것은 아니다. 다만, 매년 나의 목표 정도는 달성했다.

그러던 어느 날 좋은 기회가 찾아왔다. 회사에서 전 직원을 대상으로 프레젠테이션 대회가 열렸다. 각 부서에서 부서장의 추천을 받은 사람들이 본사에 모여 경쟁했다. 나는 영업부 대표로 참가하게 되었고, 본사의 엘리트 부서들과의 경쟁에서 최고 점수를 얻어 1등을 했다.

그에 대한 포상으로 나는 글로벌 리더 대상자로 선정되어 MBA에 진학하게 되었다. 물론 모든 경비는 회사가 지불했다. MBA 졸업 후, 본사의 부름을 받고 영업부에서 경영전략부로 부서 이동이 되었다.

이 모든 것이 나는 꾸준한 독서 덕분이라고 자신 있게 말할 수 있다.

07

갑질이 아닌
갑의 행동

의사와 제약회사 영업사원의 관계는 어쩔 수 없는 갑과 을의 관계다.

의사는 반박 불가한 엘리트 집단이다. 그들의 공부량을 보면 가히 엄청나다. 초중고 시절 늘 극상위권을 유지해야만 하고, 의대 진학 후에는 더 방대한 의학 공부를 한다.

6년의 과정을 수료한 후 의사 국가시험을 치르고 의사 면허를 취득한 후 1년간의 인턴 과정과 4년의 레지던트 수련을 한다. 그렇게 해서 한 명의 전문의가 탄생하게 되는 것이다.

이런 전문가 중의 전문가에게 비전문가인 내가 의약품을 설명한다는 것 자체가 말이 안 되는 일이었다.

그래서 난 더욱더 책을 읽어야만 했다.

내가 매번 찾아가 약의 메커니즘을 설명하는 것으로는 의사들을 설득할 수도 신뢰를 주기에도 부족하다고 생각했다.

진료실에서 의사와 일대일로 만나면 영업사원은 작아질 수밖에 없다. 앞에서도 얘기했지만, 의사는 심하게 바쁘다. 외래진료가 끝나면 제대로 밥도 못 먹고 수술실로 가거나 각종 세미나가 기다리고 있다. 이렇게 부족한 시간을 나에게 할애해 줬으니, 부담이 될 수밖에 없다.

그렇다 보니 일부 영업사원은 너무 저자세로 나간다.

하지만 너무 낮게 날면 오히려 더 위험하다. 자신을 지나치게 낮추면, 상대방이 무의식적으로 나를 가볍게 여기거나 무시하는 태도를 보일 수 있다.

자신을 존중해 주기를 바라면서 정작 자신이 스스로를 낮추면 상대도 이를 인정할 이유가 사라지게 되는 것이다.

자존감이 낮으면 쉽게 상처받는다.

상대의 작은 불만도 갑질로 느껴진다.

하지만 자존감이 높으면 그건 그냥 갑의 행동 정도로 받아들일 수 있다.

자신을 과도하게 낮추는 사람들은 일반적으로 자신의 희생을 감수하고 상대에게 맞추는 경우가 많은데, 이것은 당장의 갈등을 피할 수는 있지만, 오래 지속되면 스스로가 누적된 피로감과 희생에 지쳐 회의를 느끼게 된다.

겸손하면서도 당당한 모습을 보여야 한다. 당당함은 실력에서 나온다. 그 실력을 키우는 방법 중 으뜸이 독서인 것이다.

08

넌 책을
왜
읽어?

얼마 전, 30년지기 친구와 오랜만에 만나 소주에 모둠회, 지난 추억을 안주 삼아 이런저런 이야기를 나누다 친구가 물었다.

"넌 책을 왜 읽어?"

자고 일어나서 세수하는 것처럼 당연한 일이 되어버린 독서라 친구에게 뭐라고 얘기를 해야 할지 잠시 망설이다 난 이렇게 말했다.

"넌 책을 왜 안 읽어?"

책이 주는 이로움은 셀 수 없이 많지만, 내가 책을 읽는 이유 중 하나는 나는 나를 믿지 않기 때문이다. 나는 언제든지 틀릴 수 있고, 때로는 너무나 어이없는 실수를 할 수 있기 때문이다. 내가 옳다고 생각하는 것이 세상의 기준에 맞지 않을 수 있다.

그래서 책을 읽어야 한다고 생각하고 있다. 작가가 책을 세상에 내놓기까지 얼마나 많은 생각과 검증을 거쳤을지를 감히 알기 때문이다.

책을 읽을수록 자존감이 올라갔다.

사람들의 시선에 흔들리고, 비교 속에서 작아진 나.

남들보다 늦은 걸 두려워했고, 부족하다는 생각에 갇혀 있던 나.

책은 이런 나를 조용히 끌어올려 주었다.

낮게 깔려 있던 내 자존감을 조금씩 세워주었다.

책 속에는 내가 몰랐던 나의 가능성이 숨어 있었다.

페이지를 넘길 때마다 마음속 거울이 닦이는 듯했다.

누군가의 고통, 성장, 실패, 도전 이야기를 읽으며

"나도 할 수 있다"라는 믿음이 자라났다.

책은 세상이 정한 기준이 전부가 아니라고 말해주었다.

성공의 정의는 사람마다 다르고

행복의 모양도 각자의 방식대로 아름답다는 것을 알려주었다.

'나는 부족한 사람이 아니라, 단지 다른 길을 걷고 있구나.'

남의 시선을 의식하던 마음이 조금씩 사라졌다.

책은 나를 비교의 늪에서 꺼내주었다.

다른 사람의 삶을 부러워하기보다

내가 가진 것의 소중함을 알게 해주었다.

책 속 인물들이 넘어지고 다시 일어서는 모습을 보며

나 역시 스스로를 다독이게 되었다.

진짜 자존감은 누군가의 칭찬에서 오는 것이 아니라

내가 나를 믿어주는 데서 비롯된다.

그래서 나는 오늘도 책을 펼친다.

책은 사람의 인생을 바꾼다

매일 책을 읽다 보니 작가가 되었다

독서는 자신을 단련시키는 일이다.
누군가는 몸을 만들기 위해 헬스장에 가지만,
누군가는 생각을 단련하기 위해 서점에 간다.
전자는 근육을 쌓고, 후자는 지혜를 쌓는다.

왜
사람들은
책을 읽지 않을까?

요즘 출판업계는 최악 중의 최악이라고 한다. 책을 사 보는 사람이 거의 없기 때문이다.

한국 출판 독서 정책연구소가 만 19세 이상의 국민 1천 명을 대상으로 진행한 '2024년 독서 문화 통계' 결과 보고서에 의하면, 우리나라 성인 1명당 평균 독서량은 종이책 기준 5.4권이었고 10명 중 6명은 1년에 한 권의 책도 읽지 않았다고 한다.

충격적인 결과이다.

왜 사람들은 이토록 책을 읽지 않을까?

우리는 즉각적인 자극에 익숙해져 있기 때문인 것 같다. 틱톡이나

쇼츠 같은 숏폼에 중독되어 자극적인 영상에 웃고, 울고, 분노하고 감탄하는 세상에서 책은 너무 느리다고 생각한다.

이야기의 맥락을 파악하고 작가의 의도를 이해하려면 잠시 멈춰 생각해야 한다.

그런데 사람들은 그 멈춤을 싫어한다.

하지만 성장이라는 것은 멈춤 속에서 시작된다.

깊이 생각하지 않는 사람은 결국 얕은 감정에 휘둘리며 살게 된다.

또 하나의 이유는 '시간이 없다'는 착각이다. 책을 읽을 시간이 없다는 사람일수록 SNS에는 많은 시간을 쓴다. 시간이 없는 것이 아니라, 책을 읽을 생각이 없는 것이다.

하루 10분만 스마트폰을 내려놓고 책을 펼친다면 한 달에 한 권은 충분히 읽을 수 있다. 1년이면 12권이다. 결국 책을 읽느냐 읽지 않느냐는 의지의 문제인 것이다. 우리가 아무리 바빠도 세수는 하고 화장실은 가지 않는가?

완벽하게 읽으려는 강박도 문제다. 모든 내용을 기억하지 않아도 된다. 마음을 움직이는 한 문장만 남아도 그 책은 충분히 의미가 있다. 독서는 머리에 저장하는 행위가 아니라 마음에 스며드는 과정이다.

오늘 읽은 문장이 우리의 삶을 바꿀지도 모른다. 그래서 책을 읽지 않는 사람은 같은 자리에서 맴돌고, 책을 읽는 사람은 한 걸음씩 앞으로 나아간다. 세상은 빠르게 변하지만, 사람의 내면은 천천히 성장한다.

책은 그 느림을 견디는 힘을 길러준다.

조용히 나를 단단하게 만들고, 보이지 않게 내면의 세계를 확장한다.

책이 인생을 바꿀 수 있을까?

물론이다. 아니, 책만이 당신의 인생을 바꿀 수 있다.

오늘 하루, 한 문장이라도 읽어보자. 그 문장 안에 당신의 인생을 바꿀 기회가 조용히 기다리고 있을지도 모른다.

———————————— | **내가 좋아하는 책 속 이야기** | ————————————

책은 가치를 매길 수 없는 보물창고다. 우리를 계발시키고, 고무하고 유익한 정보를 제공해 준다. 사는 동안 뚜렷한 목표를 세워 계속 전진하도록 이끌어 주기도 한다.

_탄줘잉, 『살아 있는 동안 꼭 해야 할 49가지』

02

독서는
생각의 근육을
키운다

몸의 근육은 꾸준한 운동으로 단단해지듯, 생각의 근육은 독서를 통해 자라난다.

책을 읽는 것은 자신의 사고를 훈련하고, 생각의 폭을 넓히는 지적 운동이다. 지속적인 독서를 하는 사람은 세상을 보는 눈이 깊어지고, 말과 행동에도 자신만의 논리가 생긴다.

책 속에는 수많은 삶의 궤적과 생각의 패턴이 녹아 있다. 우리는 책을 읽으며, 저자의 사고를 따라가고, 그 속에서 자기 생각과 비교하게 된다.

어떤 문장은 공감의 불씨를, 어떤 문장은 반박의 욕구를 자극한다.

이 과정이 바로 생각의 근육을 단련시키는 시간이다.

근육이 자극을 받아야 성장하듯, 생각도 자극을 받아야 성장한다.

책을 읽지 않으면 사고의 근육은 점점 작아지고 굳어간다. 새로운 정보를 받아들이는 속도가 느려지고, 세상을 보는 시야는 좁아진다.

자신이 옳다고 믿는 생각 안에 갇혀버리는 것이다.

꾸준히 책을 읽는 사람은 끊임없이 의문을 품고, 세상과 대화를 이어간다. 철학자, 과학자, 작가와의 만남을 통해 새로운 사고의 틀을 배우며, 자기 생각의 한계를 조금씩 넓혀간다.

독서는 생각을 풍부하게 만드는 것뿐만 아니라, 삶의 문제를 해결하는 능력을 길러준다. 어려운 상황에서 감정에만 휘둘리지 않고, 논리적으로 판단할 힘이 생겨난다.

한 권의 책이 다른 책으로 이어지며 사고의 연결이 확장된다. 그렇게 한 페이지 한 페이지 쌓이다 보면, 어느 순간 자신의 말과 글, 그리고 선택이 달라져 있다.

생각의 근육은 한순간에 만들어지지 않는다. 히루 5분이라도 책을 읽고, 그 내용을 곱씹고, 자신만의 언어로 정리할 때 비로소 단단해진다.

중요한 것은 속도가 아니라 지속이다.

오늘 한 줄이라도 읽었다면, 어제보다 조금 더 성장한 자신을 만난

것이다.

독서는 자신을 단련시키는 일이다. 누군가는 몸을 만들기 위해 헬스장에 가지만, 누군가는 생각을 단련하기 위해 서점에 간다. 전자는 근육을 쌓고, 후자는 지혜를 쌓는다.

──────────────── | 내가 좋아하는 책 속 이야기 | ────────────────

실패는 더 배우라는 우주의 신호다. 모든 실패에는 어김없이 교훈이 들어 있다. 교훈을 잘 배우면 실패 수업은 곧 끝나지만, 교훈을 못 배우면 실패 수업은 자꾸만 되풀이된다.

_감상운, 『왓칭』

03

언제나
곁에 있어 주는
조언자

'누가 나를 좀 이끌어 줬으면 좋겠다'라는 생각을 대학 시절 자주 했다.

이 복잡하고 치열한 세상에 대한 막연한 불안감은 늘 나와 함께 했다.

현실에서 훌륭한 멘토를 만나기는 결코 쉽지 않다.

진심으로 나를 위해 조언해줄 사람이 과연 몇 명이나 있을까?

우리는 멀리서 찾을 필요가 없다. 우리에겐 책이 있다.

책은 가격 대비 성능이 가장 좋은 자기계발이다.

책 한 권을 써내기 위해 작가는 자신의 모든 지혜와 경험을 다 쏟아낸다.

작가가 평생을 통해 얻은 깨달음, 실패를 통해 배운 지혜, 세상을 바라보는 시선이 응축되어 있다. 우리는 2만 원도 되지 않는 돈으로 그 사람의 인생을 간접적으로 살아보는 셈이다.

책은 조용하지만, 가장 진실한 대화를 나눌 수 있는 친구이기도 하다. 그 안에는 누군가의 따뜻한 위로가 있고, 냉철한 현실 인식이 있다.

나를 대신해 고민하고, 방향을 제시해주며, 때로는 내가 외면한 진실을 정면으로 마주하게 한다.

좋은 멘토를 만나기 위해 인맥을 쌓거나, 비싼 강의를 듣는 것도 의미가 있지만 책만큼 꾸준히, 거짓 없이, 그리고 깊이 있게 우리를 성장시키는 멘토는 없다.

책은 언제나 같은 자리에서 우리를 기다리고 있다. 마음이 복잡할 때, 의욕이 사라질 때도 책을 펼치는 순간 새로운 세상이 열린다.

어떤 분야든, 성공한 사람에게는 다음 네 가지 공통점이 있다. 원대한 꿈을 가지고 있다. 결코 포기하지 않는 강한 열정을 지니고 있다. 철저하게 긍정적인 사고 방식으로 무장하고 있다. 주변에 운 좋은 사람들이 몰려든다.

_니시다 후미오, 『된다 된다 나는 된다』

04

독서는
재능이 아닌
꾸준함의 기술이다

독서는 재능이 필요 없다.

독서는 두뇌의 차이가 아니라 습관의 차이다.

일부 사람들은 독서를 재능처럼 생각한다. 집중력이 뛰어나야 하고, 이해력이 남달라야 하며, 문장을 곱씹는 감수성이 있어야 한다고 말하기도 한다.

하지만 독서는 그런 천부적인 재능과는 거리가 멀다. 매일 정해진 시간에 책을 펼치고, 피곤해도 단 한 줄이라도 읽는 그 마음가짐 하나면 충분하다.

꾸준함이란 매일 조금씩이라는 단순한 원칙을 지키는 것이다.

자신만의 리듬을 만들어 가는 것이다. 그 리듬이 반복되면서 서서히 내공이 쌓여가는 것이다.

독서에서 중요한 건 속도가 아니다.

얼마나 많은 책을 읽었는가 보다, 책에서 무엇을 느끼고 어떻게 변했느냐가 중요하다.

한 문장이 마음을 움직이면, 문장과 문장이 연결되어 자신만의 생각을 만들어낸다. 그렇게 자신을 성장시켜 가는 것이다.

꾸준한 독서의 힘은 그렇게 조용히, 그러나 확실하게 당신의 삶을 바꾼다.

재능은 타고나지만, 꾸준함은 길러진다.

독서는 꾸준함을 가장 아름답게 증명할 수 있는 기술이다.

-------------------- | **내가 좋아하는 책 속 이야기** | --------------------

책은 알찬 내용이 있고, 가치가 있으며, 도움이 되고, 매일 새로운 것을 가르쳐 주니 독서가 식사보다 중요하다는 것이다. 그 덕분에 나는 매일 30분 이상은 매일 책을 읽어야 한다는 생각에 사로잡히게 되었다. 밥은 거르는 한이 있어도 독서는 거르지 말자.

_엔서니 라빈스, 『네 안에 잠든 거인을 깨워라』

05

내가
읽은 책이
곧 나다

육체가 자신이 먹은 음식으로 만들어진다면 정신은 자신이 읽은 책으로 만들어진다.

책은 인생의 태도와 사고방식을 형성하는 영양분이다.

어떤 책을 읽느냐에 따라 사람의 말투, 생각, 행동이 달라지고 결국 인생의 방향이 달라진다.

우리가 어떤 이야기에 공감하고 어떤 문장에 가슴이 뛰는지는 곧 우리의 내면이 어디를 향하고 있는지를 보여준다.

그러므로 책은 나를 비추는 거울이라 할 수 있다.

당신이 지금 어떤 책을 즐겨 읽는지 살펴봐라.

책을 통해 세상을 보는 시야가 넓어지고, 세상과의 대화가 깊어진다.

같은 일을 겪어도 책을 읽는 사람은 다르게 반응한다. 분노 대신 이해를, 두려움 대신 통찰을 선택한다.

왜냐하면 책 속에서 이미 수많은 인생을 살아보았기 때문이다.

타인의 삶을 빌려 미리 경험하고, 실패와 성공을 간접적으로 겪어보았기 때문이다.

인생은 선택의 연속이다. 좋은 선택은 좋은 생각에서 나오고 좋은 생각은 좋은 문장 속에서 자란다.

지금의 당신이 어떤 사람인가를 알고 싶다면, 지난 1년 동안 읽은 책 목록을 떠올려 보라. 무엇을 고민했고, 무엇을 좋아했는지, 어떤 세상을 꿈꾸는지를 고스란히 보여줄 것이다.

결국 내가 읽은 책이 곧 나이며, 오늘 읽는 문장이 내일의 나를 만든다.

내가 좋아하는 책 속 이야기

나는 가슴이 이끄는 대로 살고, 새로운 것에 도전하며, 상상한 것을 실현한다. 내 꿈과 열정에 솔직한 것. 그것이 내 삶이고 경영이다.

_리처드 브랜슨, 『내가 상상하면 현실이 된다』

06

내 안의
두려움

난 어린 시절 아버지의 사업 실패를 너무도 가까이서 보았기에 실패에 관한 두려움이 남들보다 컸다. 그래서 새로운 도전을 하기보다는 안전과 안정을 추구했다.

사람은 누구나 두려움을 안고 살아간다.

건강에 대한 두려움, 실패에 대한 두려움, 관계에 대한 두려움, 그리고 변화에 대한 두려움까지.

늘 '혹시나'라는 불안이 우리를 흔든다.

하지만 두려움은 피해야 할 감정이 아니다. 오히려 그것은 성장의 신호이며, 우리가 진정 원하는 삶으로 나아가라는 내면의 초대장이다.

책은 그 두려움을 이겨내는 강력한 도구이다.

누군가의 처절한 실패담을 읽으며 위로받고, 누군가의 성공 스토리를 통해 용기를 얻는다. 책 속에는 수많은 사람이 넘어지고 다시 일어난 흔적이 있다. 그것을 따라가다 보면 '나만 힘든 게 아니구나'라는 생각이 생기고, 그 생각은 우리 안의 두려움을 녹여준다.

두려움은 알지 못해서 생기는 것이다.

독서는 두려움을 없애는 첫 단계이다. 두려움의 본질을 이해하고, 그것을 다루는 지혜를 배우면 마음의 무게가 줄어든다.

책은 우리에게 새로운 관점을 선물한다.

'이것밖에 길이 없다'는 생각이 들 때, 책은 다른 문을 열어준다.

'이런 방법도 있구나'라는 깨달음은 두려움을 약하게 만들어 준다. 세상을 보는 시야가 넓어질수록, 두려움이 차지하는 공간은 점점 줄어든다.

무엇보다 책은 혼자가 아니라는 믿음을 심어준다. 두려움은 우리를 고립시키지만, 독서는 세상과 나를 다시 연결해준다.

작가의 글을 통해 위로받고, 비슷한 고민을 나눈 사람들의 이야기를 들으며 우리는 다시 일어설 힘을 얻을 수 있다.

두려움은 사라지지 않는다. 인간의 두려움은 본능이다.

독서는 두려움 위를 걸을 수 있게 도와준다.

그러니 마음이 흔들릴 때 책을 펼치자.

책 속의 글귀들이 두려움을 이기는 용기로 바뀌어 당신의 내일을 바꿔줄 것이다.

어려운가, 지금? 혹시 고통스러운가, 지금? 고통만 바라보지 말라. 고통을 숭배하지 말라. 고통이 거인처럼 커지도록 방치하지 말아야 한다. 끊어내라. 당신이 더 크다. 더 큰 당신이 이겨낼 수 있다.

_백지연, 『크리티컬 매스』

07

책은 삶의 언어를 바꾼다

이기주 작가의 책『언어의 온도』에 이런 내용이 있다.

"언어에는 나름의 온도가 있다. 따뜻함과 차가움의 정도가 저마다 다르다. 노트북을 켜고 사람을 입력하려다 실수로 삶을 쳤다. 그러고 보니 사람에서 슬며시 받침을 바꾸면 사랑이 되고 사람에서 은밀하게 모음을 빼면 삶이 된다. 세 단어가 닮아서일까. 사랑에 얽매이지 않고 살아가는 사람도 사랑이 끼어들지 않는 삶도 없는 듯하다."

말은 곧 그 사람의 생각이다.

그리고 생각은 그 사람이 어떤 책을 읽어왔는가에 따라 깊이와 방향이 달라진다.

독서는 '삶의 언어'를 새롭게 쓰는 과정이라고 할 수 있다.

우리가 평소 사용하는 언어는 경험의 총합이자 사고의 흔적이다. 독서를 하지 않으면 우리의 언어는 점점 한정된 세계 안에서 굳어진다.

책을 통해 새로운 관점을 접하고, 다채로운 문장을 만나면 우리의 언어가 달라진다. 언어가 달라진다는 것은 곧 생각하는 방식이 변한다는 뜻이다.

독서를 꾸준히 하는 사람은 말이 달라진다. 불평 대신 수용을 하고, 비교 대신 배움을 이야기한다. 감정에 휩쓸리지 않고, 단어 하나에도 품격이 묻어난다. 말에는 여유가 있고, 문장에는 깊이가 있다.

반면, 독서를 멀리하는 사람은 단순한 표현 속에 갇혀버린다. 단어는 거칠고, 감정은 즉흥적이며, 대화는 피상적이다.

결국 언어의 차이는 인생의 품격을 가른다.

독서는 남의 생각을 빌려 내 삶의 언어를 새롭게 조립하는 일이다. 처음엔 어색하지만, 어느 순간부터 내 언어에도 변화가 찾아온다. 남을 비판하던 말투가 이해의 언어로 바뀌고, 절망을 노래하던 목소리가 희망을 이야기하기 시작한다.

삶을 바꾸고 싶다면 먼저 언어를 바꿔야 한다. 그리고 언어를 바꾸려면 독서를 해야 한다.

꾸준한 독서로 언어가 달라지고, 언어가 달라지면 생각이 바뀐다.

생각이 바뀌면 결국 인생이 바뀐다.

　책장을 넘길 때마다 우리의 인생 언어가 새롭게 만들어지고 있다. 읽는 만큼 우리의 언어는 깊어지고, 그 언어만큼 우리의 삶은 단단해진다.

　지금 자신에게 한번 물어보자

　"나는 어떤 언어로 인생을 살고 있는가?"

------------------- | **내가 좋아하는 책 속 이야기** | -------------------

언어에는 나름의 온도가 있습니다. 따뜻함과 차가움의 정도가 저마다 다릅니다. 온기 있는 언어는 슬픔을 감싸안아 줍니다. 세상살이에 지칠 때 어떤 이는 친구와 이야기를 주고받으며 고민을 털어내고, 어떤 이는 책을 읽으며 작가가 건네는 문장에서 위안을 얻습니다.

_이기주, 『언어의 온도』

책은 우리를 겸손하게 만든다

책은 세상을 바라보는 시야를 넓히고, 인간의 한계를 알게 해준다.

수많은 저자들이 평생을 바쳐 연구하고 깨달은 것을 단 몇 시간, 며칠 만에 접할 수 있다는 사실 앞에서 우리는 자연스레 겸손해질 수밖에 없다.

책 속에는 내가 미처 생각하지 못한 삶의 이면이 있다.

내가 옳다고 믿어온 생각이 얼마나 좁은 틀 안에 있었는지를 깨닫게 되는 순간, 자만은 사라지고 겸손이 자리를 잡는다.

책은 이렇게 말한다.

"아직 배워야 할 것이 많다."

겸손은 성장의 시작이다. 배우려는 마음이 없으면 발전도 없다. 책을 읽는 사람은 자신이 모르는 것이 많음을 인정한다.

그래서 더 배우려 하고, 더 깊이 이해하려 노력한다.

책을 읽지 않는 사람은 자기 생각의 울타리 안에서만 머무르며 세상을 단정 짓는다.

겸손한 사람은 끊임없이 배우지만, 교만한 사람은 이미 배웠다고 착각한다.

그리고 책은 인간의 한계를 깨우치게 해준다.

아무리 똑똑한 사람이라도 모든 분야를 아는 것은 불가능하다. 철학을 읽으면 인간의 사고가 얼마나 깊고도 복잡한지 알게 되고, 과학서를 읽으면 자연의 법칙이 얼마나 오묘한지에 감탄하게 된다. 역사를 읽으면 시대를 초월한 인간의 어리석음과 위대함이 교차하는 장면에서 겸허해진다.

책을 읽다 보면, 내가 가진 지식이 전체 중 얼마나 작은 조각인지 느끼게 된다. 그 작은 조각을 채우기 위해 나는 책을 펼친다. 그 반복 속에서 나는 조금씩 단단해지고, 동시에 더 부드러워진다. 진정한 강함은 겸손에서 비롯된다.

겸손한 사람은 다른 사람의 생각과 의견을 존중한다.

책을 통해 타인의 생각을 읽는다는 것은 그 사람의 인생을 이해하려는 것이기도 하다. 그것이 바로 공감의 출발점이다.

남보다 앞서려는 마음보다, 더 배우고자 하는 마음을 심어준다. 그래서 독서는 생각의 확장이자 인격의 수련이라 할 수 있다. 책을 읽는 사람은 겸손해지고, 겸손한 사람은 다시 책을 읽는다. 그 순환 속에서 우리는 조금씩 성장하고, 세상을 더 따뜻하게 이해하게 된다.

책을 가까이 두는 것은 결국 자신을 낮추는 일이다. 낮출수록 더 많이 담을 수 있고, 담을수록 더 깊은 사람이 된다.

---- | **내가 좋아하는 책 속 이야기** | ----

당신이 제아무리 능력이 있다 하더라도 사람들의 호감을 사지 못하거나 그들의 생각이나 사고방식에서 벗어나 있다면 당신에게 기회가 주어질 가능성은 그만큼 낮아진다.

_세이노, 『세이노의 가르침』

09

자신을
더 사랑하게
된다

남에게는 관대한 사람이 자신에게는 너무 엄격한 잣대를 들이대는 경우가 많다.

자기 자신을 잘 돌볼 필요가 있다.

책 속의 문장은 나를 향한 대화였다.

작가의 글을 따라가다 보면, 그 안에서 나를 비추는 거울을 만나게 된다. 내가 무엇을 좋아하고, 무엇을 두려워하며, 어떤 삶을 살고 싶은 사람인지 조금씩 알아가게 된다.

우리는 남의 시선을 너무 신경 쓰며 살아간다. 남의 눈치를 보며 나를 끼워 맞추고, 비교 속에서 스스로를 깎아내린다.

책은 그런 우리에게 조용히 손을 내밀어 준다.

괜찮다고, 충분히 잘하고 있다고, 너 자신을 조금만 더 이해해 보라고.

그래서 독서는 나와의 화해이자 나를 회복하는 과정이다.

책 속의 고민과 실패를 따라가다 보면, 나만 그런 게 아니라는 안도감이 든다. 나의 약함이 생각만큼 부끄럽지 않다는 것을 느끼게 된다.

책은 나의 결핍을 꾸짖지 않는다. 그 결핍을 껴안으며, 그 안에도 희망이 있음을 보여준다. 그렇게 조금씩 나를 미워하던 마음이 누그러지고, 자신을 있는 그대로 바라보는 연습이 시작된다.

이해가 쌓이면 사랑이 생긴다.

남을 이해할 때 그렇듯, 나 자신을 이해할 때도 사랑이 피어난다. 책은 그 길을 안내해 준다.

나를 다독이고 내 안의 용기를 깨워준다.

책 속의 수많은 인생을 경험하다 보면, 나의 삶도 결코 초라하지 않다는 것을 알게 된다. 나는 지금도 배우고 있고, 성장하고 있으며, 여전히 가능성이 많은 사람이라는 사실을 알게 된다.

남의 기준에 흔들리던 마음이 점차 중심을 찾게 된다.

남이 아닌 나의 목소리에 귀를 기울이게 된다.

자기계발을 넘어서 자기 존중의 단계로 나아가게 되는 것이다.

이 여정은 조용하지만 강력하다.

과거의 나를 탓하던 눈빛이 따뜻해지고, 현재의 나를 응원하는 목소리가 커진다.

세상을 이해할수록 나를 사랑하게 되고, 나를 사랑할수록 세상을 더 깊이 이해하게 된다.

이 아름다운 순환이 바로 독서의 힘이다.

내가 좋아하는 책 속 이야기

한 번도 가지지 못한 걸 가지려면 한 번도 해보지 않은 것을 해야 한다. 한 번도 안 해본 노력을 해야 한다.

_김재식, 『단 하루도 너를 사랑하지 않은 날이 없다』

10

당연한 것이
당연한 것이
아니다

책은 감사의 마음을 갖게 한다.

글 속에서 삶의 온도를 느끼게 된다.

누군가의 아픔을 이해하고, 용기를 배우며, 나의 부족함을 마주하는 과정에서 자연스럽게 감사라는 감정이 피어난다. 책은 우리로 하여금 세상을 다시 바라보게 하고, 내가 가진 것의 소중함을 일깨워준다.

책에는 저자의 인생이 녹아 있다.

절망 속에서 희망을 붙잡은 이야기, 평범한 일상에서 기적을 발견한 순간을 전한다.

그들의 이야기를 따라가다 보면 문득 깨닫게 된다.

'나는 참 많은 것을 이미 가지고 있구나.'

책은 우리가 가진 것을 바라보는 시선을 바꾸어 준다. 누군가의 아픔을 통해 나의 평범한 하루가 얼마나 큰 선물인지 느끼게 하고, 누군가의 성취를 보며 나 또한 노력할 기회가 있음을 알게 한다.

다른 사람의 인생을 보며 부러움 대신 존경을 배우고, 나의 삶을 더 따뜻하게 바라보는 시선을 얻게 된다. 그렇게 독서는 마음의 속도를 늦추게 하고, 내가 놓치고 있던 소중한 것들을 다시 볼 수 있게 해 준다.

가족의 존재, 건강한 몸, 평범한 일상, 커피 한 잔의 여유 같은 것들이 얼마나 감사한지 새삼 깨닫게 된다.

책을 많이 읽는 사람은 불평의 크기가 작다.

세상에 완벽한 삶이 없다는 사실을 알려주기 때문이다. 누구나 고난이 있고 상처를 품고 살아간다는 걸 알게 되면, 지금의 나 또한 충분히 괜찮은 존재라는 안도감이 생긴다. 이 마음의 여유가 바로 감사의 출발점이다.

읽는 만큼 마음이 단단해지고, 이해의 폭이 넓어지게 된다.

그리고 그 끝에는 늘 감사가 있다.

책 읽기는 세상을 향해 "감사합니다"라고 외치는 연습을 하는 것이기도 하다. 누군가의 글을 통해 나를 이해하고, 세상을 이해하고, 다시 삶을 사랑하게 되는 것. 그것이 바로 독서가 주는 선물인 것이다.

"매일 따뜻한 물에 샤워를 할 수 있어 감사합니다."

"시력이 좋지는 않지만 책을 읽을 수 있는 눈에 감사합니다."

"공원을 산책하며 맑은 공기를 마실 수 있게 해주는 짧은 내 다리에 감사합니다."

"나를 좋은 곳으로 신속하고 안전하게 데려다주는 자가용에 감사합니다."

"나를 사랑해 주는 가족과 친구들이 있어 감사합니다."

세상은 여전히 바쁘고 복잡하지만, 책을 읽은 사람의 마음속에는 고요한 감사의 등불이 켜져 있다. 그리고 그 빛은 하루하루를 조금 더 의미 있게 만들어 준다.

──────────── │ **내가 좋아하는 책 속 이야기** │ ────────────

소확행은 장기간의 노력 끝에 큰 행복을 강하게 한번 느끼는 것이 아닌, 살랑살랑 불어오는 봄바람처럼 일상적으로 자주 느낄 수 있는 것이니, 이 얼마나 좋고 감사한가.

_혜민 스님, 『고요할수록 밝아지는 것들』

11

용서는
상대를 위한
일이 아니었다

책을 읽다 보면 자연스럽게 여유가 생기게 된다.

그리고 여유는 용서를 가능하게 한다.

사람은 완벽하지 않다. 실수하고, 오해하고, 때로는 상처를 준다.

여유를 가지고 찬찬히 생각해 보면 내가 왜 상처를 받았는지, 그 사람이 왜 그런 행동을 했는지 이해되기도 한다.

미워하던 사람도, 이해할 수 없던 사람에게도 조금은 관대해질 수 있다. 내게 상처를 주었던 사람의 입장과 상황을 이해하면 용서의 마음이 생겨난다.

책은 타인에 대한 용서만이 아니라 자기 자신을 용서하는 방법을 가르쳐준다.

과거의 잘못된 선택이 떠오르고, 후회와 미련이 마음을 건드릴 때가 있다.

그때 책은 조용히 다가와 속삭여준다.

"괜찮아. 그럴 수도 있어."

그 한마디가 무너져 있던 마음을 다독이고, 다시 앞으로 나아갈 용기를 준다. 용서는 완벽이 아닌 불완전함을 인정하는 순간에 시작되는 것이다.

이해 없는 용서는 위선이 되기 쉽지만, 진심으로 이해하게 되면 용서하지 않을 수 없다.

책이 그 다리를 놓아주는 것이다.

│ 내가 좋아하는 책 속 이야기 │

미워하다 보면 미움받는 사람보다 미워하는 사람이 미워하는 크기만큼 훨씬 더 힘들어집니다. 그리고 내 삶에 내가 좋아했던 것들이 하나도 집중이 되지 않습니다. 그래서 점점 내 삶과 나를 잃어가게 될 수 있습니다.

_글배우, 『지쳤거나 좋아하는 게 없거나』

12

비교하지
않아도
괜찮아졌다

우리는 다른 사람의 시선을 지나치게 의식하느라 자신의 가치를 잊고 사는 경우가 많다.

주변의 평가에 신경 쓰다 보면 나 자신의 소중함을 놓치기 쉽다. 책을 읽는 시간은 남들의 시선에서 잠시 벗어나 나 자신에게 집중하는 소중한 시간이다. 독서를 통해 타인의 기준이 아닌 자신만의 가치관을 발견하고, 잃었던 삶의 주도권을 되찾을 수 있다.

6분간 독서로 스트레스가 68% 감소한다는 연구 결과도 있다. 이처럼 책 읽는 시간은 뇌를 이완시키고, 걱정과 불안을 내려놓게 해준다. 글에 집중하는 동안 쓸데없는 잡념과 남의 시선에 대한 불안도 희미해진다. 눈앞의 글에 마음을 맡기는 독서는 타인의 시선에서 자유로 워지는 작은 연습이다.

책 속의 메시지는 우리 마음을 일깨워 준다.

마크 맨슨의 베스트셀러『신경 끄기의 기술』은 모든 것을 잘하려 애 쓰지 말고 정말 중요한 것에만 집중하라는 메시지를 전한다.

책 읽는 습관은 취미를 넘어, 삶을 주체적으로 이끄는 힘이 된다. 꾸 준한 독서를 통해 쌓은 지식과 지혜는 스스로 결정하고 행동하는 에너 지가 된다. 꾸준히 독서하는 사람들은 삶에 더 만족하고 행복하며, 자 신이 하는 일이 가치 있다고 느낄 가능성이 높다는 조사 결과도 있다.

독서는 남의 시선에서 자유로워져 자신의 가치를 재발견하게 해주 는 든든한 존재이다. 책장을 펼칠 때마다 우리는 다른 누구도 아닌 나 자신을 위한 시간을 선물 받는다. 그렇게 쌓인 시간은 나의 가치관과 꿈을 단단하게 만들고, 흔들리지 않는 나만의 길을 열어 준다.

──────────────│ **내가 좋아하는 책 속 이야기** │──────────────

예전에는 어쩌다 행복의 깃털을 하나 주우면 의기양양했다. 너와 내가 분리되지 않고 모든 이들이 사랑스러워 다시는 누굴 미워할 일이 없을 것 같았다. 숨 쉬고, 먹고, 만나고, 일하고, 졸리면 자고, 기적 아닌 것이 없었다.

_정희재,『어쩌면 내가 가장 듣고 싶었던 말』

13

소유보다
존재의 의미

사람은 누구나 욕심을 가지고 있다. 돈, 집, 명품, 자동차 같은 것들.

나도 몇 년 전까지는 눈에 보이고 손에 잡히는 게 전부인 줄 알았다.

하지만 책을 읽기 시작하면서 세상이 조금씩 다르게 보였다.

'내가 무엇을 가지고 있는가?'보다 '어떤 사람으로 살아가고 있는가?'를 고민하게 되었다.

가진 게 많아도 불행한 사람, 소박하지만 행복한 사람을 보면 묘한 울림이 생긴다.

소유는 남과 비교하게 만든다.

존재는 나를 바라보게 만든다.

진짜 부자는 재물을 많이 가진 사람이 아니라 마음의 평화를 가진 사람이라는 것을 깨달았다. 지혜는 통장에 쌓이지 않지만, 내 생각과 말, 그리고 태도에 스며들어 나를 성장시킨다.

그렇게 쌓인 내면의 자산은 잃을 수도, 빼앗길 일도 없는 진짜 나의 일부가 된다.

내가 좋아하는 책 속 이야기

꽃들은 모두 자기 자신만의 색깔과 향기를 가지고 있다. 과일은 모두 자신만의 맛과 향을 가지고 있다. 성공한 사람들은 저마다 자신만의 향기를 지니고 있다.

_한창욱, 『나를 변화시키는 좋은 습관』

14

책은 도덕을 생각에서 습관으로 바꾼다.

도덕은 누구나 알고 있다.

거짓말을 하지 말아야 한다는 것, 약자를 배려해야 한다는 것, 자신의 행동에 책임을 져야 한다는 것.

문제는 모른다는 데 있지 않고, 지키지 못한다는 데 있다.

왜일까?

도덕이 삶의 언어가 되지 못했기 때문이다.

책은 도덕을 명령하지 않는다. 그저 보여준다.

한 인간의 선택이 어떤 결과를 낳는지, 작은 양심이 삶을 어떻게 바꾸는지, 외면한 도덕이 어떤 대가를 남기는지를 말이다.

사람은 논리보다 이야기로 움직이는 것 같다.

그래서 독서는 도덕을 가장 효과적으로 깨닫게 해준다.

책을 읽는 사람은 매일 자신을 점검한다.

어디까지 허용할 것인지, 어떤 선은 넘지 않을 것인지에 대한 기준 말이다.

오늘 나는 정직했는가?

편리함을 이유로 책임을 미루지는 않았는가?

나에게 불리하다고 해서 원칙을 외면하지는 않았는가?

이 과정이 반복되면 도덕은 추상적인 이상이 아니라 자기 관리의 영역이 된다.

도덕은 성격이 아니라 훈련의 결과인 것이다.

도덕은 타고나는 것이 아니라 반복해서 선택한 결과이다.

독서는 그 선택의 연습장인 것이다.

독서 습관은 인생의 상한선을 높이는 일이기도 하지만, 동시에 하한선을 지키는 일이기도 하다.

아무리 힘든 상황에서도 사람으로서 해서는 안 될 선택을 하지 않도록 붙잡아 주는 힘, 그 힘이 독서에서 나온다.

꾸준히 책을 읽는 사람은 알고 있다. 당장의 이익을 위해 도덕을 포기하면, 언젠가는 더 큰 비용을 치르게 된다는 사실을.

그래서 독서는 인생의 안전장치인 것이다.

넘어질 수는 있어도, 완전히 무너지지는 않게 해준다.

도덕적으로 살고 싶다면, 의지를 키우기보다 환경을 바꾸는 것이 먼저이다.

그리고 가장 쉽게 바꿀 수 있는 환경이 바로 읽는 환경이다.

절대적 도덕 법칙이 무너져 가는 상황 속에서 칸트가 제시한 것은 '정언명법'이다. 누구나 반드시 따라야 하는 도덕 법칙이 무엇인지 알려주는 방법으로서 칸트가 제안한 법칙이다.

"네가 개인적으로 하려는 일이 동시에 모든 사람이 해도 괜찮은 일인지 생각하고 행동하라."

_채사장, 『지적 대화를 위한 넓고 얕은 지식』

15

교양의
품격

교양은 읽은 만큼 쌓인다.

그럼, 교양이란 무엇인가?

말을 유창하게 하는 능력일까? 아니면 다양한 지식을 가지고 있는 것일까?

나는 교양을 이렇게 정의하고 싶다.

교양이란, 세상을 함부로 단정하지 않는 태도라고 말이다.

그리고 그 태도는 독서에서 시작된다.

사람은 자신이 경험한 세계만으로 세상을 판단하려는 경향이 있다. 독서는 그 한계를 조용히 허물어 준다.

내가 살아보지 않은 시대를 걷게 하고, 만나지 못한 사람의 생각을 빌려오며, 내가 겪지 않아도 될 실수를 미리 보여준다.

그 과정에서 우리는 조금씩 신중해진다.

말을 아끼게 되고, 판단을 늦추게 되며, 나와 다른 의견 앞에서 쉽게 흥분하지 않게 된다.

독서를 생활화한 사람의 말에는 묘한 여백이 있다.

상대의 말을 끝까지 듣고 "그럴 수도 있겠네"라는 말을 건넨다.

자신의 생각이 틀릴 가능성을 항상 마음 한켠에 남겨 두기 때문이다. 반대로 책과 멀어진 사람일수록 말은 단정적이다.

세상을 흑백으로 나누고, 내 편과 네 편으로 구분 짓는다.

교양은 지식의 문제가 아니라 생각을 다루는 방식의 문제이다.

독서는 나만의 생각 속도를 가지게 한다. 빠르게 반응하는 대신, 한 번 더 생각하게 만들고 즉각적인 감정 대신 깊은 이해를 선택하게 한다.

그래서 독서를 꾸준히 하는 사람은 나이가 들수록 더 부드러워지고, 경험이 쌓일수록 더 겸손해진다.

교양은 하루아침에 만들어지지 않는다. 베스트셀러 한 권으로 만들어지는 것이 아니다.

하루에 한 페이지라도 책을 펼치는 사람에게 조금씩 쌓여간다.

말투에서, 표정에서, 타인의 삶을 대하는 태도에서 그 차이는 서서히 드러난다.

내 말이 조금 거칠어졌다고 느껴진다면, 사람을 판단하는 속도가 너무 빨라졌다고 느껴진다면 다시 책으로 돌아갈 때이다.

그 태도가 바로 어른의 교양이고, 삶의 품격이다.

내가 좋아하는 책 속 이야기

중세의 교육 목표는 전인적인 교양인을 양성하는 것이었기 때문에 그 시기의 교육은 첫 단계로 문제의 정립, 곧 명제를 만드는 훈련을 했습니다. 이는 일종의 자기표현의 훈련이었고, 이를 통해 학문의 영역을 넘어 인생의 차원에서 궁극적인 논리를 정립하는 것이었습니다. 다시 말해 나와 나의 목표와 나의 과정이 일치하도록 하는 훈련이었다고 할 수 있습니다.

_한동일, 『라틴어 수업』

16

일머리가
생긴다

일머리가 좋은 사람은 공통점이 있다.

상황을 정확히 이해하고, 불필요한 일을 줄이며, 핵심부터 움직인다.

그런 사람들의 특징은 책을 가까이한다는 것이다.

독서는 지식을 쌓는 행위이기 이전에, 생각의 구조를 훈련하는 과정이다.

일머리는 '무엇부터 해야 하지?'라는 질문으로 시작된다.

책을 많이 읽은 사람은 이 질문 앞에서 당황하지 않는다. 이미 수많은 문장과 논리, 사례를 통해 우선순위를 세우는 연습을 해왔기 때문이다.

일을 잘한다는 것은, 생각을 잘 정리한다는 것이다.

일머리가 부족한 사람들의 특징은 열심히 하는데 결과가 신통치 않다는 것이다.

좋은 결과는 노력의 양보다 올바른 방향에 있다.

독서는 생각을 정리하는 법을 가르쳐 준다. 책은 언제나 질문으로 시작해 결론으로 끝난다.

그 흐름을 따라가다 보면 자연스럽게 문제 파악, 원인 분석, 해결책 제안이라는 사고의 틀이 몸에 배게 된다.

이 사고의 틀이 바로 일머리의 뼈대이다.

회의에서 말이 정리되지 않는 이유, 보고서가 길기만 한 이유, 일을 시작했는데 자꾸 방향이 흔들리는 이유는 대부분 생각의 구조가 잡히지 않았기 때문이다.

독서는 이 구조를 안전하고 확실하게 훈련시켜 준다.

책 속에는 수많은 선택과 결과가 담겨 있다.

성공과 실패, 갈등과 타협, 도전과 후회.

독서를 통해 우리는 직접 겪지 않아도 될 시행착오를 미리 경험하게 된다.

이 축적된 간접 경험이 업무 현장에서 빠른 판단으로 이어진다.

이 차이가 결국 '일 잘하는 사람'이라는 평가로 돌아온다.

일머리는 만들어지는 것이다.

일머리가 없는 사람은 없다. 다만 훈련되지 않았을 뿐이다.

독서는 가장 비용이 적게 들고, 오래 효과가 남는 훈련이다.

한 권의 독서가 당장 월급을 올려주지는 않겠지만, 1년 뒤 당신의 말과 생각, 일하는 방식은 분명 달라져 있을 것이다.

일이 버거울수록, 실력이 부족하다고 느껴질수록 더 바쁘게 움직이기보다 조용히 책을 펼치는 용기가 필요하다.

------------------- | **내가 좋아하는 책 속 이야기** | -------------------

일 못하는 사람의 6가지 특징

1. 디테일이 왜 중요한지 모른다.
2. 학습 능력이 없다.
3. 운을 실력으로 착각한다.
4. 변화를 두려워한다.
5. 질이 양보다 중요하다고 생각한다.
6. 피드백을 구하지 않는다.

_신영준·고영성, 『뼈 있는 아무 말 대잔치』

17

공감은
능력이 아닌
태도

우리는 말은 많이 하지만, 정작 이해는 부족한 시대를 살고 있다.

서로의 생각을 빠르게 평가하고, 쉽게 단정 짓는다. 공감은 선택 사항이 되었고, 이해보다 판단이 앞서는 장면을 자주 마주한다.

공감 능력은 타고나는 재능이라기보다는 연습을 통해 길러지는 능력이다. 그 연습에 적합한 도구는 바로 책이다.

책 속 주인공의 선택이 이해되지 않을 때도 있고, 고백이 불편하게 느껴질 때도 있다. 바로 그 순간이 공감이 자라는 지점이다.

'나라면 그렇게 하지 않았을 텐데'라는 생각에서 한 걸음 더 나아가 '그럴 수 있겠구나'라고 생각해 보는 것.

독서를 꾸준히 한 사람은 대화의 결이 다르다. 말을 많이 하지 않아도 상대의 감정을 빠르게 읽어낸다.

섣부른 조언 대신 고개를 끄덕일 줄 알고, 해결책보다 이해로 다가간다.

성공담보다 실패담이 마음에 더 와닿는 것은 좌절에는 인간적인 흔들림이 담겨 있기 때문이다. 남의 이야기를 읽으며 스스로를 돌아보게 되고, 결국 상대에게도 조금 더 너그러워진다. 공감 능력이 높아진다는 것은, 세상을 이해하는 시야가 넓어진다는 뜻이기도 하다.

직장에서도, 가정에서도, 사회에서도 결국 사람을 움직이는 힘은 이해에서 나온다.

그 이해의 근육을 키우는 확실한 방법이 독서인 것이다.

책을 많이 읽을수록 세상이 부드러워지는 이유는 세상이 바뀌어서가 아니라 내가 세상을 바라보는 눈이 바뀌기 때문이다.

──────────────── | **내가 좋아하는 책 속 이야기** | ────────────────

나는 공감 능력이 부족한 사람은 사적으로 만나지 않는다. 그들이 주변을 병들게 한다는 것을 알기 때문이다. 공감 능력이 부족한 사람은 다른 사람에게 아무렇지 않게 피해를 준다. 딱히 악의가 있는 것은 아닌데도 결과적으로 그렇게 된다.

_정문정, 『무례한 사람에게 웃으며 대처하는 법』

18

후회의
최소화

누구나 후회를 안고 살아간다.

"그때 그렇게 말하지 않았어야 했는데."

"왜 조금 더 일찍 시작하지 않았을까."

후회는 늘 지나간 시간 뒤에 찾아온다.

책은 우리에게 정답을 주기보다는, 다른 선택지를 미리 보여준다. 작가들의 시행착오를 빌려 나의 후회를 줄일 수 있다. 후회가 커지는 이유는 선택의 순간에 판단 기준이 부족했기 때문이다.

감정에 끌려 결정했고, 조급함에 휩쓸렸고, 남들의 시선에 흔들렸다.

하지만 꾸준히 독서하는 사람은 다르다.

결정을 앞두고 이런 질문이 자연스럽게 따라온다.

'이 선택이 나를 어디로 데려갈까?'

독서가 후회를 완전히 없애주는 것은 아니다. 다만 후회의 크기와 빈도를 분명히 줄여 준다.

책을 읽는 사람도 실수는 한다.

하지만 그 실수는 인생을 무너뜨리는 실수가 아니라, 방향을 조정하는 실수다.

후회 앞에서 자신을 과하게 미워하지 않고

"다음엔 이렇게 해보자"라고 말한다.

특히 인생의 큰 선택 앞에서 독서는 강력한 힘을 발휘한다.

인간관계, 진로, 돈, 삶의 태도 같은 문제는 누군가의 조언으로 결정하기엔 너무 무거운 주제다. 이럴 때 책은 조용히 옆에 앉아 여러 사람의 삶을 펼쳐 보여준다.

그리고 말한다.

"선택은 너의 몫이지만, 생각할 재료는 충분히 줄게."

후회가 줄어든다는 것은 내 선택에 책임질 준비가 된 삶을 산다는 것이다.

독서는 바로 그 준비를 도와준다.

충분히 고민했고, 충분히 생각했고, 그래서 설령 결과가 기대와 달라도 "그때의 나는 최선을 다했다"고 말할 수 있게 해준다.

인생에서 가장 아픈 후회는 실패 자체가 아니라 아무 생각 없이 흘려보낸 선택들이다.

어쩌면 인생이란 의외로 엄청나게 심플한 것이 아닐까요? 우리는 자기 인생에 대해 늘 무언가를 두려워합니다. 약해지면 안 된다고 스스로를 다그치고, 치열해야 한다며 진지하고 심각하게 고민합니다. 하지만 진지하고 심각하게 열심히 산만큼 보답이 돌아오느냐 하면 그런 것은 아닙니다. 어쩌면 행복이란 노력 끝에 찾아오는 게 아니라 의외로 여기저기 굴러다니는 게 아닐까요?

_이나가키 에미코, 『퇴사하겠습니다』

19

조금 느려도
삶은
충분하다

책은 서두르지 않는다.

빨리 페이지를 넘기라고 재촉하지도, 결론을 빨리 내놓으라고 다그치지도 않는다.

그래서 책을 펼치면, 우리는 자연스럽게 속도를 늦추게 된다. 여유는 책의 호흡을 닮아 우리 곁으로 온다.

바쁜 하루 속에서 책을 읽는 시간은 짧아도 괜찮다. 중요한 것은 양이 아니라 태도이다. 몇 쪽을 읽든, 문장 하나를 오래 붙잡고 있든, 그 시간만큼은 외부의 소음이 잦아들고 생각이 제자리로 돌아온다.

여유가 사치처럼 느껴질 때가 있다. 해야 할 일은 많고, 마음은 늘 다음을 향해 달려가니까. 책은 여유를 '시간의 양'이 아니라 '태도의 선택'이라고 알려 준다.

지금 이 문장을 온전히 음미하는 마음, 이 문장이 건네는 질문을 잠시 곁에 두는 태도.

그 태도가 쌓이면 삶의 밀도는 깊어진다.

독서는 잠시 멈추는 연습이기도 하다. 멈춤은 뒤처짐이 아니라, 방향을 다시 확인하는 일이다. 책의 느림을 따라가다 보면, 우리의 과속 습관도 자연스레 줄어든다. 생각이 정리되고 감정이 가라앉을수록, 삶은 덜 흔들린다.

여유는 아무것도 하지 않는 시간이 아니라, 의미 없는 소음을 줄이는 시간이다. 책은 그 소음을 부드럽게 낮춰 준다. 책을 덮을 때 남는 고요는, 다음을 견디게 하는 힘이 된다.

그래서 책을 가까이 둔 사람의 하루에는, 보이지 않는 완충재가 들어 있다.

내가 좋아하는 책 속 이야기

누구에게나 자신만의 계절이 있다. 꽃피우지 못하는 계절에 너무 슬퍼하지 않았으면 한다. 당신의 꽃을 피울 계절은 반드시 오니까

_성신제, 『괜찮아요』

20

꿈은 자야
꾼다

사람들은 꿈을 가지고 있지만, 꿈을 현실의 영역으로 끌어오는 사람은 생각보다 많지 않다. 그 차이는 재능이 아니라, 방식에서 비롯된다. 목표를 세우지만, 구체적인 행동으로 옮기지 못한다.

꿈이 막연하기 때문이다.

독서는 꿈에 형태를 부여한다. 추상적인 바람을 문장으로 만나게 하고, 그 문장은 계획이 되며, 계획은 결국 행동으로 이어진다.

실패를 대하는 태도, 시간 관리, 인간관계, 돈에 대한 관점까지 서서히 정비된다. 꿈을 가로막던 장애물이 하나씩 정리되기 시작한다.

꿈을 이루지 못하게 하는 가장 큰 문제점은 정리되지 않은 생각이다.

독서는 그 생각을 차분하게 정돈해 주고 꿈을 지켜내는 힘을 길러 준다. 처음의 열정은 누구에게나 있다.

문제는 지속이다.

우리가 흔들릴 때마다 책은 방향을 다시 잡아 준다. 길을 잃지 않게 해주는 지도의 역할을 한다. 그래서 꾸준히 독서하는 사람은 쉽게 포기하지 않는다.

꿈은 특별한 사람이 이루는 것이 아니라 준비된 사람이 먼저 도착하는 것이다.

우리는 본질적으로 남을 기쁘게 하는 일에 더 많은 기운과 에너지가 솟게 되어 있습니다. 축복도, 기쁨도 함께 나누면 더 즐겁고 행복해지지요. 그래서 당신의 꿈이 주변 사람들에게 기쁨을 준다는 사실을 알면 자연스레 힘이 솟고 당신을 돕는 사람도 더 많아집니다.

_모치즈키 도시타카, 『보물지도』

행복은
크기가 아닌
방향의 문제

행복은 어디에서 오는 걸까?

돈이 많다고 높은 명예를 가졌다 해서 행복하다 말할 수 없다. 오히려 가진 것이 많을수록 불안해지는 사람이 있고, 소박하지만 평온하게 웃는 사람이 있다. 그 차이는 마음의 기준을 어디에 두느냐에 달려 있는 것 같다.

세상은 늘 빠르게 변하고, 사람들은 끝없이 비교하고, 더 많이 가지려 애쓰지만, 책은 그런 세상 속에서 잠시 멈추게 만든다. 글자를 따라가다 보면 마음이 고요해지고, 내 생각과 작가의 생각이 만나 새로운 세계가 열린다.

행복은 거창한 성취가 아니라 지금 이 문장을 읽고 있는 순간에도 존재할 수 있다.

책을 읽는 동안 우리는 다른 사람의 인생을 경험한다. 누군가는 실패의 눈물을 통해 성장했고, 누군가는 사랑의 상처 속에서 자신을 이해하기도 한다.

그런 이야기를 읽으며 우리는 '나만 힘든 게 아니구나' 하는 안도감을 얻는다.

책은 우리를 외롭지 않게 만든다. 삶의 가장 깊은 어둠 속에서도 "넌 혼자가 아니야"라고 말해주는 다정한 친구가 되어 준다.

행복을 추구하는 대부분의 사람은 더 많이 가지는 것을 목표로 삼는다.

반면, 책은 우리에게 덜어내는 법을 알려준다. 불필요한 욕심, 비교, 남의 시선을 내려놓게 한다. 그 과정에서 우리는 단순함 속의 충만함을 느낀다.

마음의 공간이 비워질수록 감사가 들어설 자리가 생기고, 그 감사가 행복이 된다.

'나는 지금 어떤 삶을 살고 있지?'

'무엇이 나를 진심으로 행복하게 만들까?'

이런 질문을 던질 때마다 우리는 조금씩 자신을 이해하게 된다.

세상의 기준이 아닌, 나만의 기준을 세우게 되는 것이다.

'지금도 꽤 괜찮다'라고 생각하면 더 바랄 것도, 부러워할 것도 없는 평온한 마음이 찾아온다.

행복은 멀리 있지 않다.

모두에게 주어져 있지만, 바쁘게 살아가느라 잊고 있을 뿐이다.

좋은 글귀, 좋은 문장 하나가 우리 마음을 흔들고, 무거운 삶의 짐을 조금은 가볍게 만들어 준다.

조금은 가벼워진 마음으로 하루를 살아갈 때, 우리는 행복을 느낄 수 있다.

내가 좋아하는 책 속 이야기

제 삶의 경쟁력은 다른 사람들보다 행복하다는 데 있습니다. 남들보다 얼마나 더 능력이 있고 더 재주가 뛰어난지에 있지 않아요.

아내(남편) 있겠다, 집 있겠다. 직장 있겠다. 천하에 부러운 게 없다. 내 인생이 최고다. 현재의 자기 삶을 긍정적으로 받아들이면 삶이 자유롭고 행복해집니다.

_법륜 스님, 『행복』

책을
나의 것으로
만드는
기술

책 한 권을 끝까지 읽었다는 성취감은 자신감을 주고,
다음 책으로 이어지는 동기가 된다.
작은 성취가 쌓이면 어느새 독서는 습관이 되고,
그 습관이 인생을 변화시키는 힘이 된다.

01

책이
생활의
풍경이 되게

내 책상 위에는 늘 몇 권의 책이 올려져 있다. 책상뿐 아니라 안방, 거실, 자가용, 서류 가방에도 항상 책이 있다. 그렇게 곳곳에 책을 놓아두면 틈새 시간에 책을 읽을 수 있는 장점도 있지만, 그것보다 책이 곁에 있으면 안심이 된다. 책 제목만 봐도 훌륭한 독서가 된다.

초등학생인 딸이 어느 날 물었다.

"아빠, 책이 그렇게 좋아? 책이 재미있어?"

사실 난 책을 읽는 것보다 좋은 사람들과 만나 소주 한잔하면서 노는 게 훨씬 즐겁다. 하지만 난 술자리를 잘 나가지 않는다. 술을 마시면 다음 날 컨디션이 좋지 않고 그런 컨디션으로는 책이 잘 읽히지 않기 때문이다.

그렇기에 난 책이 재미있어서 읽는 것은 아니다.

하지만 책을 좋아하는 건 맞다.

책을 가까이 둔다는 것은 삶의 태도이자 습관이다. 눈에 보이는 곳마다 책이 있다는 것은 언제든 배움을 시작할 준비가 되어 있다는 뜻이기도 하다.

책이 가까이 있으면 스마트폰 대신 책을 집어 들 확률이 올라간다. 단 1분이라도 한 문장이라도 읽게 된다. 그 한 문장이 쌓이다 보면 책한 권이 되는 것이다.

02

하루
7분이면
충분하다

하루는 1,440분이다.

하루 7분만 독서에 투자하면 한 달에 210분이라는 시간을 확보할 수 있다. 그러면 한 달에 한 권의 책을 읽을 수 있다.

많은 사람이 책을 읽으려면 한 시간 정도는 확보가 되어야 한다고 생각하지만 바쁜 현실 속에서 그만큼의 시간을 꾸준히 내기란 쉽지 않다. 회사, 가정, 인간관계 등, 수많은 일들이 하루를 가득 채우고 있기 때문이다.

하루 7분은 부담스럽지 않으면서 꾸준함을 만들어 주는 마법 같은 시간이다.

짧은 시간은 고도의 집중력을 발휘할 수 있다.

그리고 그 짧은 시간이 반복되면 좋은 습관이 만들어진다.

7분 독서는 "오늘도 나는 성장하겠다"는 내 의지의 표현이다.

작은 실천이지만, 그 반복이 쌓이면 인생이 달라진다. 물방울이 쌓이면 바위를 뚫듯 7분의 집중은 마음의 근육을 단단히 만들어 준다.

책은 시간을 들인 만큼 보답한다.

하루 7분이라도 진심으로 읽는다면, 자신도 모르는 사이 말투가 달라지고, 생각이 깊어지며, 삶의 방향이 명확해질 것이다.

관심 있는
주제부터
시작하자

책을 고를 때 중요한 기준 중 하나는 '지금 나에게 필요한 책인가' 이다.

아무리 세상 사람들이 좋다고 하는 베스트셀러라도, 지금의 내 관심사와 맞지 않으면 잘 읽히지 않는다. 독서의 시작은 흥미에서 비롯되고, 흥미는 지속의 원동력이다. 그렇기에 책을 고를 때는 지금 내가 가장 관심 있는 분야를 선택하는 것이 좋다.

우리의 관심은 시기에 따라 달라진다. 어떤 때는 돈과 경제가 궁금하고, 또 어떤 시기에는 인간관계가 고민일 수도 있다. 혹은 마음이 지쳐 위로받고 싶을 때는 에세이나 심리학 책에 관심이 간다.

이처럼 나의 현재 상태를 반영한 독서는 자연스럽게 몰입을 끌어낸다. 내가 관심 있는 주제는 읽는 순간부터 머릿속에 그림이 그려지고, 문장이 살아 움직인다.

반면, 남이 좋다고 해서 억지로 읽는 책은 몇 장 넘기지 못하고 방구석 어딘가에 쌓이게 마련이다.

책을 고를 때는 지금의 나를 먼저 살펴보자.

나는 요즘 무엇에 시간을 쓰고 있는지, 어떤 문제로 고민하고 있는지, 어떤 분야의 이야기에 귀를 기울이는지를 떠올려 보자.

그 안에 당신이 읽어야 할 책의 힌트가 숨어 있다.

책은 현재의 나를 성장시켜 미래의 나로 이끄는 도구이다.

그래서 지금 나에게 가장 와닿는 분야의 책부터 시작하는 것이 좋다.

그 한 권이 또 다른 관심으로 이어지고, 결국 더 넓은 세상을 향한 독서의 문을 열어줄 것이다.

04

완독이라는
집착에서
벗어나라

책을 꾸준히 읽는 사람들조차 '완독'에 집착하는 경우를 자주 보았다.

한 권의 책을 처음부터 끝까지 읽지 않으면 아무 의미가 없는 것처럼 말이다.

중간에 덮는 순간 실패한 독서로 여겨버린다.

완독은 성취일 수는 있어도, 목표가 되어서는 안 된다. 책을 다 읽는 것보다 더 중요한 것은 내 안에 남는 생각이다.

책 한 권을 끝까지 읽는 것이 어려운 이유는 집중력의 문제가 아니다. 우리는 일상에서 수많은 정보에 노출되고, 관심사는 끊임없이 바뀐다.

처음엔 흥미로웠던 내용이 어느 순간 시들해질 수도 있고, 다른 책이 더 절실하게 다가올 수도 있다.

책을 읽다 보면 가슴에 담아두고 싶은 문장들이 생긴다. 그런 문장을 만났다면 그 순간 책을 덮고 깊이 생각하는 것도 좋다. 책은 우리에게 끊임없이 말을 걸어오지만, 진짜 대화는 우리가 생각하기 시작할 때 일어난다.

완독에만 몰두하면 이런 대화의 순간을 놓치게 된다.

오히려 완독의 강박은 독서를 경주로 만들어버린다. 빨리 끝내야 한다는 압박감으로 책을 넘기다 보면, 글자가 머릿속을 스쳐 지나갈 뿐 마음에 스며들지 않는다. 독서는 속도가 아닌 깊이가 중요하다. 한 페이지를 읽더라도, 그 문장에서 무언가 느낀 바가 있다면 그것으로 족하다.

책은 경쟁의 대상이 아니다.

당신의 속도와 리듬으로, 마음이 이끄는 방향으로 읽으면 된다.

그러니 완독이라는 집착에서 벗어나자. 독서를 힘든 마라톤으로 생각하지 말고 가벼운 산책으로 생각하자.

한 문장을 음미하며 걷다 보면, 그 길 끝에서 당신은 더 넓은 세상을 만나게 될 것이다.

05

서점으로
독서 여행

나는 서점을 정말 애정한다.

종이 냄새, 잉크 냄새, 잔잔한 음악, 그리고 사람 냄새가 너무 좋다.

삶이 고단할수록 우리는 잠시 멈춰 서야 한다. 그 멈춤이 나태한 쉼이 아니라, 마음의 방향을 다시 잡는 시간이라면 더욱 의미 있다.

서점으로 떠나는 독서 여행은 그런 멈춤의 시작이다. 목적지도, 일정표도 필요 없다. 오직 책의 향기와 종이 넘김 소리만이 안내해주는 여행이다.

서점에 들어서는 순간 공기가 달라진다. 잔잔한 음악 사이로 종이 냄새가 스며들고, 사람들의 발소리가 조용히 섞인다. 여기서는 누구도 서두르지 않는다. 저마다의 속도로 책을 고르고, 문장을 음미한다.

눈에 들어오는 제목 하나가 마음을 건드리고, 우연히 펼친 한 페이지가 내 인생의 문장을 선물하기도 한다. 그것이 서점 여행의 묘미이다.

내 안의 감정을 탐색하고, 잊고 있던 자신을 발견하는 여정이다.

책은 수많은 세계로 향하는 문이다. 경제학 책을 펼치면 세상의 구조를 이해하게 되고, 여행 에세이를 읽으면 가보지 못한 길을 걸을 수 있다.

고백을 담은 문장 속에서는 나의 과거가 불현듯 떠오르기도 한다.

요즘처럼 스마트폰 속 정보에만 익숙한 시대에는, 서점이 주는 아날로그의 감성이 더 깊게 다가온다.

손끝으로 종이의 질감을 느끼며 한 장씩 넘길 때면 마음이 천천히 정리된다. 디지털 세상에서는 얻을 수 없는 생각의 여백이 그곳에는 존재한다.

서점은 지혜의 섬이자, 영혼의 휴식처이다.

서점은 그곳만의 기적 같은 우연이 있다.

찾던 책 대신 우연히 집어 든 책이 인생의 전환점을 만들어 주기도 한다.

여행 중 길을 잃었다가 더 아름다운 길을 발견하듯, 독서 여행에서도 그런 뜻밖의 만남이 일어난다.

서점으로 떠나는 길은 자신에게 주는 선물이다. 카페라떼 한 잔의 여유를 즐기며 책을 펼치고, 생각을 메모한다.

하루의 일과가 끝난 저녁, 혹은 주말의 한낮에 마음이 지쳤다면, 멀리 가지 않아도 괜찮다. 가까운 서점으로 떠나보자. 그곳에서 우리는 새로운 문장을 만나고, 새로운 나를 발견하게 된다. 그리고 어느 순간, 이렇게 속삭이게 될지도 모른다.

"여기가 바로 지상낙원이구나."

06

책을
더럽혀라,
아름답게

책을 아름답게 더럽힌다는 말은 모순처럼 들리지만, 사실은 책과 독자의 관계를 가장 잘 표현한 말이라 생각한다. 깨끗한 책은 아직 살아보지 못한 인생과 같다.

표지가 반짝거리는 책은 시작되지 않은 이야기다.

밑줄이 그어지고, 페이지 모서리가 접히고, 커피 자국이 남은 책은 나의 시간을 품고 있다. 그것은 나의 흔적이자, 생각이 녹아있는 기록이다.

좋은 독서는 책을 감상하는 것이 아니라, 책을 삶 속으로 끌어들이는 것이다. 그 과정에서 책은 조금씩 더러워진다. 그 더러움은 게으름의 흔적이 아니라, 탐구의 상처이며 배움의 증거다. 깨끗한 책은 서점에서는 예쁠지 몰라도, 내 인생의 도서관에서는 그리 빛나지 않는다.

밑줄 하나에 감정이 있고, 메모 하나에 성장의 흔적이 남는다.

어떤 페이지에는 공감이, 어떤 문장 아래에는 아픔의 한숨이 적혀 있을지도 모른다. 책을 더럽히는 손은 자신을 새롭게 쓰는 손이다. 책이 더러워질수록, 마음은 깨끗해진다.

책을 아름답게 더럽히자.

그것이 우리가 책을 읽은 증거이자, 살아 있는 독서의 흔적이다.

물론 책을 소중히 다뤄야 하는 마음은 간직하되, 너무 조심스러워서는 그 속의 영혼과 만나지 못한다.

책을 펼치고, 밑줄 긋고, 질문을 던지자. 생각이 충돌하고 감정이 흔들릴 때, 우리의 삶이 한 줄 더 깊어진다. 작가의 문장을 당신의 언어로 바꾸어 적어보자. 그렇게 더럽혀진 책은 세상에서 단 하나뿐인 당신의 기록이 된다. 깨끗한 책은 다시 팔 수 있지만, 더럽혀진 책은 결코 팔 수 없다. 이미 당신의 인생이 묻어 있기 때문이다. 그러니 주저하지 말고, 아름답게 더럽히자. 당신의 손때가 묻은 그 책이 당신의 마음을 지켜줄 가장 따뜻한 친구가 되어 있을 것이다.

07

필사라는
필살기

책을 온전히 내 것으로 만드는 방법 중 으뜸을 꼽으라면 나는 필사를 권한다. 서점에는 필사를 위한 다양한 책들이 있다.

필사는 글쓴이의 생각과 감정을 내 안으로 옮겨 심는 행위이자, 한 사람의 언어를 내 삶의 언어로 흡수하는 과정이라 할 수 있다. 눈으로 읽을 때는 놓쳤던 리듬과 감정이 손끝을 따라 천천히 흐르며 마음에 새겨진다. 그래서 필사는 '느리게 읽는 독서'라 불린다.

좋은 글귀를 만나면 우리는 잠시 멈춰 서게 된다. 마음이 울릴 때, 그 울림을 잊지 않기 위해 펜을 들자. 종이에 적으며 그 글귀가 나에게 왜 다가왔는지, 어떤 감정을 일으켰는지 느끼게 된다.

필사를 하다 보면 한 문장, 한 단어에도 작가의 숨결이 느껴진다.

"이 문장은 어떤 마음으로 썼을까?"

생각하며 따라 적는 동안, 우리는 그 문장 속으로 들어가 작가의 세계를 체험하게 된다. 그 과정에서 나의 언어 감각이 자라고, 생각이 깊어지며, 표현의 폭이 넓어진다. 글을 잘 쓰고 싶은 사람에게 필사만큼 좋은 공부는 없는 것 같다.

하루에 단 한 줄이라도 좋다.

한 줄이라도 정성을 다해 써 내려가면 마음이 차분해지고 집중력이 생긴다. 손으로 글을 쓰는 행위는 생각을 정리하는 최고의 명상이다. 머릿속의 복잡한 생각들이 종이 위에서 문장으로 정리되고, 흩어진 마음이 한 점으로 모이기 때문이다.

지루하고 손가락도 아프지만 글을 옮기며 나만의 속도로 세상을 이해하고, 하루를 정리하는 시간이 된다. 그 습관이 쌓이면 내 안의 언어 창고가 풍성해지고, 자연스럽게 글쓰기의 힘이 자라나게 된다.

필사는 배움과 치유가 함께 있는 시간이다.

그저 남의 글을 베껴 쓰는 것이 아니라, 그 글을 내 마음으로 옮겨 심는 일이다. 손끝이 마음을 따라가고, 마음이 결국 삶을 아름답게 바꾼다. 그래서 필사를 하는 사람의 표정은 고요하면서도 단단하다.

오늘 하루, 마음에 남는 문장 한 줄만 써보자. 그 한 줄이 내일의 나를 조금 더 빛나게 만들 것이다.

필사는 결국 나를 써 내려가는 시간이니까.

08

읽지
못할 때는
들자, 오디오북

오디오북은 바쁜 일상에서 부담 없이 독서를 가능하게 만들어 주는 도구이다.

출퇴근길 버스나 지하철 안에서, 식사 후 산책을 하며 또는 안락한 침대에 누워서 들으면 더없이 좋다. 활자 대신 목소리로 듣는 책은 또 다른 감동을 느낄 수 있다.

낭독자는 단어마다 감정을 실어 이야기에 생명을 불어넣는다. 활자에서는 느낄 수 없던 문장의 리듬, 숨결, 그리고 감정의 온도가 귀를 통해 마음으로 스며든다.

오디오북은 독서의 문턱을 낮춰준다. 책을 읽는 습관이 없던 사람도, 눈이 피로한 날에도, 이동이 잦은 사람도 언제든 들을 수 있다.

책을 가까이하기 어려웠던 환경이 더 이상 핑계가 되지 않는다. 들으며 배우고, 들으며 사색하고, 들으며 성장할 수 있는 시대다.

오디오북의 매력은 그 안에 담긴 온기이다.

혼자 있는 시간에도 따뜻한 목소리가 내 곁에 있는 것이다.

09

읽은 책을
콘텐츠로
만들기

나의 인스타그램 친구들은 대부분 책을 가까이하는 사람들이다.

매일 한 권의 독서를 실천하는 친구가 있는데 존경스러운 마음이 저절로 생긴다. 그 친구는 책을 읽고 나면 인스타그램에 책 표지와 좋았던 내용을 카드뉴스 형식으로 만들어 피드에 올린다. 참으로 부지런하면서 재미있게 책을 읽는 진정한 독서가라는 생각이 든다.

나는 책을 읽고 나면 인스타그램뿐 아니라 블로그와 유튜브에도 내용을 공유한다.

책을 읽는 것에서 그치지 않고, 읽은 책을 콘텐츠로 만들면 오래 기억에 남을 뿐 아니라 저절로 책의 내용이 정리가 된다.

독서는 다른 사람의 지혜를 빌려 나를 성장시키는 과정이고, 그 내용을 콘텐츠로 만들면 그 지혜를 나만의 언어로 재탄생시키는 일이다. 창조적 독자가 되는 것이다.

읽은 책의 내용을 글로 쓰거나 영상으로 기록하면 더 오래 기억하고, 더 깊이 이해하며, 새로운 생각을 만들어 낸다. 그 과정에서 문장력도 향상되고, 나의 사고력 또한 향상된다.

요즘은 플랫폼이 넘쳐난다.

블로그, 인스타그램, 유튜브, 스레드, 브런치 등 어디서든 읽은 책을 콘텐츠로 바꿀 수 있다. 전문가처럼 완벽하게 만들지 않아도 괜찮다. 기록은 결국 자산이 된다. 그것들이 쌓여 책으로 이어질 수도 있고, 강연의 주제가 될 수도 있다.

읽은 책을 콘텐츠로 만들면 배움의 순환이 된다. 읽고, 생각하고, 나누는 이 세 단계를 반복할수록 우리의 세계는 깊고 넓어진다.

그리고 이것이 독서를 지속하는 활력소가 되어주니 얼마나 좋은가.

10

베스트셀러는
친절한 입문서

책을 선택할 때 실패의 확률을 줄이는 좋은 방법 중 하나는 베스트셀러를 선택하는 것이다. 많은 사람이 읽었다는 건, 그만큼 그 책 속에 시대가 공감하는 메시지가 담겨 있다는 것이다.

책에 흥미가 생기기 전이라면 베스트셀러는 친절한 친구가 되어준다.

유행하는 책을 읽으면 대화할 좋은 소재가 생기는 것도 이점이다.

물론 모든 베스트셀러가 좋은 책이라고 말할 수는 없다.

하지만 '왜 많은 사람들이 이 책을 읽었을까?'를 생각하며 읽는다면, 그 이유 속에서 사회의 흐름과 사람들의 요구, 그리고 지금 시대가

원하는 메시지를 읽을 수 있다.

베스트셀러는 대체로 문장이 복잡하지 않고 흐름이 명료하다. 읽기에 부담이 적고, 완독의 성취감을 느끼기 좋다. 책 한 권을 끝까지 읽었다는 성취감은 자신감을 주고, 다음 책으로 이어지는 동기가 된다. 작은 성취가 쌓이면 어느새 독서는 습관이 되고, 그 습관이 인생을 변화시키는 힘이 된다.

11

소리 내어
읽는 독서

책을 소리 내어 읽으면 글이 눈으로만 스치는 것이 아니라, 귀로도 다가온다.

같은 문장을 두 번 받아들이는 셈이니 기억이 더 선명해지고, 내용이 더 오래 남는다. 마음이 산만할 때 소리를 내서 읽으면 집중력이 자연스럽게 되살아난다.

소리 내어 읽기는 자신의 독서 속도와 호흡을 도와준다. 책을 읽다 보면 가끔은 글을 뛰어넘거나 대충 받아들이기도 하는데, 소리 내어 읽으면 문장의 리듬을 고스란히 느끼게 된다. 작가가 숨을 고르고, 감정을 얹고, 의미를 심어둔 그 결을 따라가게 되는 것이다.

그리고, 소리 내어 읽기는 글쓰기에도 큰 도움을 준다. 문장을 직접 읽으면서 흐름이 어색한지, 의미가 자연스러운지 확인할 수 있다.

독서는 마음의 양식이고 소리 내어 읽기는 그 양식에 향기를 더하는 것이다. 책 속 문장을 내 목소리로 빚으면 또 다른 느낌의 독서를 경험하게 된다.

12

좋아하는
작가
만들기

좋아하는 사람이 생기면 설레는 마음이 자연스럽게 생기게 된다.

좋아하는 사람이 하는 이야기는 더 오랫동안 기억에 남는다.

책도 마찬가지다. 좋아하는 작가의 책은 가까이 두고 싶고 다시 읽어보고 싶어진다.

책에는 작가의 삶, 태도, 가치관, 그리고 세상을 바라보는 눈이 고스란히 담겨 있다. 책을 읽을 때 유독 마음이 편안하고, 문장이 자연스럽게 스며드는 책이 있다.

그런 책은 술술 읽히고 자연스럽게 집중력이 생긴다.

'이 작가가 다음에는 어떤 이야기를 들려줄까?'라는 기대감이 생겨 읽는 즐거움이 커진다.

이런 기대감은 독서를 지속시키는 따뜻한 연료가 된다.

또한 좋아하는 작가가 생기면 독서의 방향이 잡힌다. 그 작가가 중요하게 여기는 가치와 태도가 보이면 비슷한 문체, 비슷한 주제를 가진 다른 작가들의 책에도 관심이 자연스럽게 옮겨가게 된다. 이렇게 독서의 가지가 뻗기 시작하면, 독서는 더 이상 귀찮고 따분한 일이 아니게 된다.

13

외출할 땐
작은 책으로

외출할 때 주머니에 쏙 들어가는 작은 책 한 권을 가지고 나가자.

버스나 지하철을 기다리며 틈새 독서가 가능하다. 하루에 이동하고 기다리는 그 시간만 해도 상당하다. 인스타그램에 기계적으로 '좋아요'를 누르는 것보다 훨씬 이득이다.

목적지까지 가는 데 걸리는 시간, 주문한 음식을 기다리는 시간, 약속 상대를 기다리는 시간 같은 틈들이 지루하거나 버려지는 시간이 아니라, 나를 채우는 시간이 된다.

작은 책은 시간이 없어서 책을 못 읽는다는 변명을 못 하게 만들어주고 당신을 조금 더 우아하게 꾸며준다.

스마트폰 대신 책을 펼치는 당신의 모습은 누가 봐도 아름다운 모습이다.

14

스마트폰으로
스마트하게

스마트폰은 우리의 시간을 갉아먹는 기계처럼 보이기도 하지만, 시선을 조금만 달리하면 언제 어디서나 펼쳐볼 수 있는 작은 도서관이 되어 준다.

중요한 것은 어떻게 사용하느냐이다. 스마트폰을 소비의 기계로 둘 것인지, 아니면 배움의 도구로 둘 것인지는 우리에게 달려 있다. 스마트폰을 잘 활용하면 보다 스마트하게 독서를 할 수 있다.

스마트폰으로 책을 볼 때 가장 좋은 점은 편리성이다. 출근길 지하철 안에서도, 점심시간의 짧은 휴식 시간에도 몇 페이지씩 읽을 수 있다. 두툼한 책을 들고 다니지 않아도, 주머니 안에 작은 도서관이 함께 있는 것이다.

스마트폰은 전자책뿐만 아니라 오디오북, 요약본 등 책을 해석하는 방식을 풍부하게 해준다. 글 읽는 시간은 부족하지만, 귀는 비어 있는 순간들이 많다. 설거지하며, 조깅하며, 운전 중에도 좋은 문장을 들을 수 있다.

책을 읽다가 마음에 드는 구절이 나오면 즉시 메모 앱을 열어 기록할 수 있고, 검색을 통해 배경지식을 더하며 이해의 깊이를 확장할 수 있다. 다른 독자들의 리뷰를 확인하며 해석의 폭이 넓어지는 것도 큰 장점이다.

스마트폰을 이용한 독서는 종이책을 대체하는 것이 아니라 오히려 더 많은 순간을 책과 연결하고, 더 풍부한 방식으로 지혜를 쌓게 하는 도구이다.

중요한 것은 읽는 사람의 태도이다.

도구를 잘 활용하는 것 또한 지혜이다.

15

읽은 책
선물하기

책을 읽는 것은 생각의 씨앗을 품는 것이다.

그 씨앗은 혼자 간직할 때보다 누군가와 함께 할 때 더 풍성한 열매로 자란다.

그래서 나는 책을 읽으면 자연스럽게 누군가의 얼굴이 떠오른다.

'이 책은 그 사람에게 도움이 되겠다.'

읽은 책을 선물한다는 것은 내가 받은 울림과 느낌을 나누는 일이다. 그 책이 나에게 용기를 주었다면, 그 용기를 또 다른 이에게 전하는 것이다.

책을 선물하는 사람은 생각이 깊은 사람으로 기억된다.

그 선물에는 고민의 흔적이 있기 때문이다. 상대의 성향과 상황을 잘 알고 있다는 것이다.

읽고, 느끼고, 나누는 것.

독서의 선순환이다.

책이 가진 조용한 힘

매일 책을 읽다 보니 작가가 되었다

불안하고 떨리더라도 괜찮다.

작은 용기도 꺼내다 보면,

마음속에서 커다란 불씨로 번져 나간다.

오늘의 미약한 용기가 내일의 확신이 되고,

내일의 확신이 모여 우리를 더 넓은 세계로 데려다준다.

실패해도 된다.

상처 좀 받으면 어때?

01

사람을
읽는 힘

우리가 살아가며 겪는 스트레스의 대부분은 사람에게서 온다.

기쁨, 슬픔, 분노라는 감정의 대상은 거의가 사람과의 관계이다. 그렇기에 우리가 스트레스를 줄이려면 사람과의 관계가 무엇보다 중요하다.

인간관계의 최고 바이블이라고 불리는 『카네기 인간관계론』은 인간 본성에 관한 날카로운 통찰을 보여준다. 데일 카네기는 성공의 85%가 인간관계에 달려있다고 이야기한다.

우리는 전문적인 지식과 기술을 배우는 데는 많은 노력을 기울이지만 인간관계를 이해하려고는 상대적으로 적은 노력을 기울인다.

사람의 마음은 우산과 같아서 펼쳐지지 않으면 쓸 수가 없다.

카네기 인간관계론에서는 성공적인 인간관계를 인간 경영 리더십으로 구분하여 4단계로 나누어 놓았다.

- 1단계: 우호적인 사람이 되라.

- 2단계: 열렬한 협력을 얻어내라.

- 3단계: 리더가 되라.

- 4단계: 커뮤니케이션 능력이 뛰어난 사람이 되라.

책을 많이 읽는 사람은 다른 사람을 이해하는 힘이 강하다. 문장 속에 숨은 의미를 읽어내듯, 말 뒤에 숨은 진심을 잘 찾아내기 때문이다.

'그 사람은 왜 이런 말을 했을까?'

'그 표정에는 어떤 사연이 있을까?'라고 생각할 여유를 가지고 있다.

독서는 마음의 시야를 넓혀준다.

책 속 작가의 감정선을 따라가다 보면, 현실 속 사람들의 복잡한 마음도 조금은 이해할 수 있게 된다.

좋은 인간관계는 좋은 문장과 같다.

억지로 꾸미지 않아도 자연스럽게 다가오고, 진심이 묻어나야 오래 남는다. 책이 그 자체로 진실될 때 독자의 마음을 움직이듯, 인간관계

또한 계산이 아닌 진심에서 출발할 때 비로소 깊어진다.

독서를 꾸준히 하는 사람은 말의 온도가 다르다.

단어 하나에도 마음을 담고, 침묵의 의미를 이해하며, 타인의 아픔을 단정 짓지 않는다.

또한 책은 거리 두기의 지혜를 가르친다. 사람과의 관계가 힘들 때 책은 묵묵히 들어주는 친구이며, 조용히 생각할 시간을 준다.

좋은 책 한 권은 마음의 안식처이자, 상처받은 인간관계를 회복하는 치료제이기도 하다.

글을 읽으며 '아, 나만 그런 게 아니었구나'라는 공감이 생기면, 다시 사람에게 마음을 열 용기를 얻는다.

책을 사랑하는 사람은 사람을 사랑할 준비가 된 사람이다. 책을 통해 배운 이해와 배려, 침묵의 미덕, 진심의 힘이 관계 속에서 자연스럽게 스며들기 때문이다. 책 속의 인생을 이해할수록 현실의 인생도 따뜻하게 바라보게 된다.

사람과의 관계가 어려울수록 책을 가까이 두자.

책 안에는 사람의 마음이 있고, 수많은 실패와 용서, 화해의 기록이 담겨 있다.

책을 읽는 사람 곁에는 좋은 인연이 머물게 되어 있다.

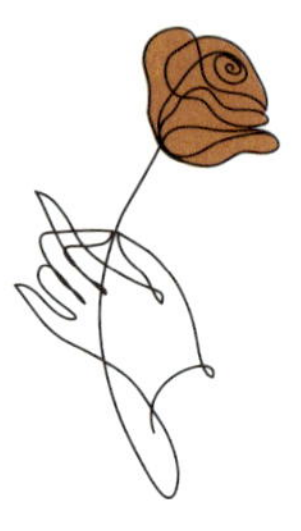

친구를 사귀고 싶으면 자기 자신을 버리고 다른 사람을 위해 무언가를 해주어라.
이런 일에는 시간, 노력, 희생 그리고 사려 깊은 마음이 필요하다.

_데일 카네기, 『카네기 인간관계론』

02

현실의
한계를
넘는 힘

상상력은 현실을 확장하는 강력한 힘을 가지고 있다.

눈앞에 보이는 세상은 단지 물리적인 공간일 뿐이다.

상상력은 그 경계를 무너뜨리고 새로운 가능성을 만들어 낸다. 책을 읽을 때 우리는 작가의 세계 속으로 들어가, 아직 오지 않은 미래를 미리 살아보고, 다른 사람의 감정을 내 마음속에 품게 된다.

그것들이 쌓일수록 우리의 사고는 넓어지고, 현실을 바라보는 시야가 깊어지게 된다.

책 속의 상상은 허황된 꿈이 아니라 현실을 바꾸는 불씨이다.

'이런 세상도 가능하겠구나'라는 생각이 들면, 마음속에 씨앗이 생겨난다. 전기가 없던 시절, 밤하늘의 별을 보며 빛을 꿈꾼 사람이 있었기에 오늘의 문명이 탄생했다. 독서는 그런 가능성을 실험하는 일이다.

현실에서 당장은 불가능해 보이더라도, 상상 속에서는 실현된 세계를 볼 수 있다.

상상력은 제한된 나를 넘어서는 힘을 가지고 있다.

우리는 너무 쉽게 "나의 한계는 여기까지야"라고 자신을 단정한다.

책을 통해 만나는 다양한 인물과 사건들은 그 한계를 깨부순다. 고난에서도 다시 일어나는 주인공을 보며 용기를 배우고, 내 생각이 얼마나 좁았는지를 깨닫게 된다. 그 깨달음이 쌓이면, 상상은 점점 현실의 모습으로 구체화된다.

머릿속에서만 존재하던 가능성이 현실로 옮겨질 때, 우리는 할 수 있다는 확신을 갖게 된다. 독서는 그 확신을 다지는 연습이자, 세상을 새롭게 바라보는 훈련이다.

상상은 현실을 부정하는 것이 아니라, 현실을 더 넓게 이해하려는 시도이다. 지금의 나를 넘어서는 길은 상상 속에서 시작된다.

책은 상상력의 문을 여는 열쇠이다. 그 문을 여는 순간, 당신의 하루는 새로운 가능성으로 물들기 시작한다. 보이지 않던 길이 나타나고, 불가능하다고 믿었던 일이 가능해진다.

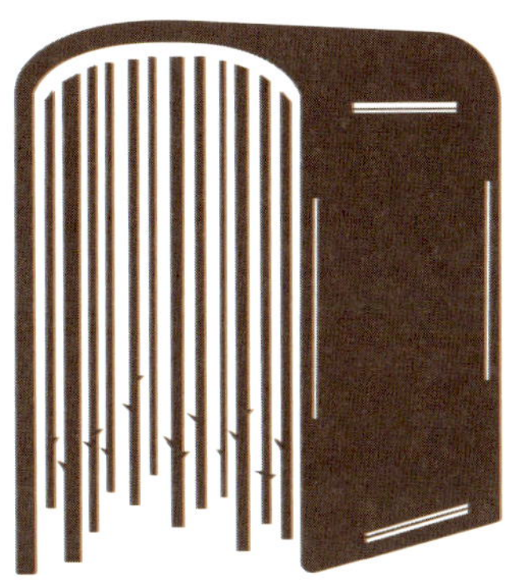

어떤 것이라도 좋으니 마음껏 생각하라. 그리고 적어두어라. 일주일에 하나씩의 아이디어만 기록해도 5년 동안 무려 260개의 새로운 아이디어가 축적된다. 그 가운데에는 지금 당장은 아니더라도 언젠가 분명 황금알을 낳는 거위가 숨어 있다.

_하우석, 『내 인생 5년 후』

03

고요한
집중력

책은 세상의 소음을 잠재우고 마음을 고요하게 만드는 힘을 가지고 있다.

우리는 수많은 미디어 속에 파묻혀 살아간다. 유튜브, 인스타그램, 넷플릭스에 중독되어 자신이 중독되었는지도 모르며 살아가고 있다.

책을 펼치면 세상은 잠시 멈추고, 오직 글자와 나만의 대화 속으로 들어간다. 그것이 바로 고요한 집중의 시작이다.

『나는 매일 책을 읽기로 했다』의 저자 김범준 작가는 책을 읽는 사람은 흔들리지 않는다고 이야기한다. 제대로 된 독서를 시작하면서 그동안 몰랐고 외면했던 자신의 잠재력을 만나게 되었다고 한다.

한 문장을 읽고, 그 의미를 마음속으로 곱씹으며, 나의 경험과 생각을 연결하면 산만한 세상에서 벗어나 내면의 고요함을 회복하게 된다.

책을 읽으면 자연스럽게 속도가 느려진다. 천천히 읽을수록 생각이 깊어진다. 그 느림의 리듬 속에서 우리는 집중의 힘이 생겨난다. 눈은 글자를 따라가고, 마음은 의미를 붙잡으며, 어느새 주변의 소음은 들리지 않게 된다. 책이 주는 이 고요한 몰입의 시간은, 잡념을 정리하고 사고를 명료하게 만들어 준다.

책이 주는 이 집중력은 삶의 모든 영역에서 빛을 발한다.

세상이 아무리 빠르게 변해도, 책을 읽는 사람은 흔들리지 않는다.

------------------- | **내가 좋아하는 책 속 이야기** | -------------------

책은 온전히 나에게 집중할 기회를 준다. 책을 펴면 그때부터는 오로지 나 혼자만 남게 된다. 세상의 잡다한 것들에 휘둘리던 나를 위로해 주는 시간을 확보하는 셈이다. 나는 이제 나를 알아가고 있다. 인간으로서 어제보다 오늘, 오늘보다 내일 조금씩 나은 사람이 되는 것, 그것이 진정한 행복이라는 것을 깨닫게 되었다.

_김범준, 『나는 매일 책을 읽기로 했다』

04

미래에
흔들리지
않는 힘

독서는 미래를 준비하는 가장 확실하고도 안전한 투자이다.

세상은 끊임없이 변하고, 기술은 하루가 다르게 발전하는 이런 불확실한 시대에 책은 우리에게 방향을 제시해 준다. 거친 바다의 등대처럼 빛을 쏘아주고, 변화를 두려워하지 않도록 마음을 단단히 다져준다.

18세기 영국의 유명한 정치가이자 외교관이며 문필가였던 필립 체스터필드는 이렇게 말했다.

"시간의 참된 가치를 알아야 한다. 그것을 붙잡아라. 억류해야 한다. 그리고 그 순간순간을 즐겨야 한다. 게을리하지 말며, 해이해지지 말며, 우물거려서는 안 된다. 오늘 할 수 있는 일을 내일까지 미루어서는 안 된다."

책 속에는 많은 사람의 흥망이, 경험이 녹아있다.

그들의 시행착오를 보며 우리는 실수를 줄이고, 앞서 걸어간 이들의 지혜를 통해 좀 더 현명한 선택을 할 수 있게 된다.

깊은 사고를 하는 사람은 복잡한 세상 속에서 본질을 꿰뚫고, 새로운 기회를 찾아낼 수 있다. 지금의 세상은 단순히 열심히 사는 것만으로는 부족하다. 어떻게 생각하느냐, 어떤 시선으로 세상을 바라보느냐가 미래를 결정짓는다.

책을 가까이하는 사람은 미래를 두려워하지 않는다. 불확실함 속에서도 준비된 마음으로 자신을 믿기 때문이다. 책은 단단한 근육처럼 우리의 내면을 성장시켜, 어떤 변화에도 흔들리지 않게 만들어 준다. 돈으로 살 수 없는 내적 자산, 그것이 바로 독서가 주는 또 하나의 힘이다.

————————————————— | 내가 좋아하는 책 속 이야기 | —————————————————

자기 계발을 위한 노력은 아무리 해도 지나치지 않다. 명석하고 건강한 두뇌를 유지하기 위해서는 상당한 훈련이 필요하다. 훈련된 두뇌와 훈련되지 않은 두뇌를 비교해 보면 차이가 엄청나다. 그래서 자신의 두뇌를 훈련하기 위해 수없이 많은 시간과 노력을 아끼지 말아야 한다. 큰 그릇일수록 더 많은 것을 담을 수 있다.

_필립 체스터필드, 『아들아 시간을 낭비하기에는 인생이 너무 짧다』

05

목표가
구체적으로
그려진다

　몇 달 전『고전이 답했다』라는 시리즈로 활발한 강연을 하고 있는 개그맨이자 작가인 고명환 님의 강연을 들으러 갔다. 그는 살려고 책을 읽었다고 했다.

　교통사고로 생사의 갈림길에 섰던 일을 계기로 책과 인연을 맺었고, 7년 동안 1,000권의 책을 읽으면서 책이 시키는 대로 살아보기로 결심했다고 한다.

　뮤지컬 제작, 공연 기획, 식당 경영 등 다양한 분야에서 왕성한 활동을 하며, 자유롭고 여유 있는 삶을 사는 그가 말하는 성공의 비결은 독서였다.

독서는 막연한 목표를 현실적 목표로 바꾸어 준다.

이미 누군가가 걸어간 길을 보며, 그 길의 구조와 단계를 배울 수 있다.

단순히 "성공하고 싶다"는 바람이 아니라, 어떻게 하면 성공에 다가갈 수 있는지 구체적인 그림을 머릿속에 그리게 된다.

책을 읽다 보면 무엇을 해야 할지, 어떻게 해야 할지에 대한 감각이 생긴다.

많은 사람이 목표를 세워도 금세 흐려진다.

이유는 구체성이 부족하기 때문이다.

"건강해지고 싶다"는 말보다 "매일 아침 30분씩 걷겠다"는 계획이 훨씬 현실적이다.

다른 사람의 이야기를 읽으면서 '나는 지금 어디쯤 와 있을까'라며 자신을 돌아보게 된다. 누군가의 실패담을 통해서는 피해야 할 함정을 배우고, 성공담을 통해서는 자신만의 방법을 찾아간다. 그렇게 책은 나만의 길을 그릴 수 있는 밑그림이 되어 준다.

그리고 그 그림은 시간이 지날수록 점점 더 선명해진다.

생각이 깊어질수록 목표는 현실감 있게 다가온다.

반드시 목적을 가지고 읽어야 한다. 지금 내가 처한 상황에 대한 해답을 찾겠다. 동기부여의 에너지를 충만하게 받겠다. 내 꿈을 설정할 방법을 반드시 알아내겠다. 반드시 무언가를 이루겠다. 어떤 것이든 좋다. 목적을 정해놓은 다음에는 그 목적을 이루기 위한 질문을 던지면서 책을 읽으면 된다.

_고명환, 『책 읽고 매출의 신이 되다』

06

시간을
쓰는 기준이
달라진다

시간은 누구에게나 공평하게 주어지지만, 그 가치를 아는 사람은 많지 않다.

하루 24시간이라는 선물은 누구의 손에 있느냐에 따라 전혀 다른 결과를 만들어 낸다. 시간을 흘려보내는 사람이 있고, 그 시간을 쌓아 인생을 바꾸는 사람이 있다.

그 차이를 만드는 가장 확실한 것이 바로 책이다.

프랑스의 수필가 앙뜨와네뜨 보스코는 시간에 관해 이런 말을 남겼다.

"시간은 케이크 같이 다른 이와 나눌 수 있는 물건이 아니다. 시간은 삶의 핵심이다. 누군가가 당신에게 당신의 시간을 달라고 한다면 분명 그들은 삶의 일부를 요구하고 있는 것이다."

책은 시간을 아껴준다.

누군가 평생에 걸쳐 얻은 깨달음, 수년의 시행착오를 고작 몇 시간 만에 내 것으로 만들 수 있다. 책을 읽는다는 건 그 사람의 삶을 압축해 경험하는 것이다. 누군가 수년 동안 겪은 일을 나는 단 하루 만에 배울 수 있다.

이것이야말로 시간을 아끼는 가장 지혜로운 투자 아닐까?

우리가 시간이 없다고 말하지만, 사실은 시간을 낭비하는 습관에 익숙해져 있을 뿐이다. 스마트폰을 여는 대신 책을 열면, 그 순간부터 삶의 속도는 달라진다.

생각의 깊이가 달라지고, 판단이 명확해지며, 행동의 방향이 선명해진다. 책은 시간을 빼앗지 않는다. 오히려 시간을 되돌려준다.

글을 곱씹으며 멈추고, 작가의 시선을 따라가며 생각하고, 다시 내 삶으로 돌아와 반성한다. 이 과정에서 우리는 시간의 의미를 배운다. 시간은 흘러가는 것이 아니라, 쌓이는 것이다.

인생의 길을 잃었을 때 책은 방향을 제시하고, 조급한 마음이 들 때 책은 속도를 늦추어 준다. 책 속의 한 문장이 내 인생의 전환점이 되기도 하고, 우연히 읽은 한 구절이 내일의 용기가 되기도 한다.

성장은 시간이 쌓일 때 나타난다.

하루 한 페이지라도 읽었다면 당신의 하루는 결코 헛되지 않았다. 인생의 속도를 조절하고 싶을 때, 새로운 시작을 꿈꿀 때, 책을 통해 시간을 다시 배우면 된다.

시간을 흘려보내는 사람은 많지만, 시간을 남기는 사람은 드물다.

독서는 시간을 남기는 사람의 선택이며 나의 시간을 의미 있게 살아가겠다는 다짐이자, 더 나은 내일로 향하는 가장 확실한 길이다.

──────────────── │ **내가 좋아하는 책 속 이야기** │ ────────────────

시간은 곧 인생이다. 그것은 되돌릴 수도, 대체할 수도 없다. 시간을 낭비하는 것은 인생을 낭비하는 것이다. 하지만 시간의 주인이 되면 인생의 주인이 될 수 있다. 시간은 당신이 가진 거대한 잠재력과 살아 있는 에너지를 자유롭게 하는 열쇠이다.

_앨런 라킨, 『시간을 지배하는 절대 법칙』

07

욕심을 줄이니
만족은
커지더라

우리는 더 나은 삶을 꿈꾸며 살아간다.

더 안정된 자리, 더 여유로운 경제력, 더 인정받는 존재가 되고 싶어 한다. 문제는 욕심이 생기는 것이 아니라, 그것이 어느 순간 우리 삶의 주인이 되어버릴 때이다.

욕심이 과해지면 가진 것을 지키기 위해 불안해지고, 갖지 못한 것을 탐내며 자신을 초라하게 만든다. 그러다 보면 삶의 리듬이 무너지고, 마음의 평온도 잃어버리게 된다. 마치 손에 쥔 모래가 흘러내릴수록 더 세게 움켜쥐게 되는 것처럼, 욕심은 우리를 불안의 굴레로 몰아넣는다.

하지만 욕심이 나쁜 것만은 아니다.

방향을 잘 잡으면 욕심은 성장의 동력이 된다.

문제는 어떤 욕심인가, 무엇을 위한 욕심인가이다. 자신을 더 단단하게 만들기 위한 욕심, 남을 돕기 위해 더 큰 사람이 되고 싶은 욕심, 꿈을 향해 꾸준히 걸어가기 위한 욕심은 칭찬받을 욕심이다.

법륜 스님이 강연에서 한 말이 기억난다.

"배고플 때 밥 먹는 걸 욕심이라고 하지 않습니다. 피곤할 때 잠자는 걸 욕심이라고 하지 않지요. 추울 때 옷 입고 따뜻한 곳을 찾는 것을 욕심이라고 하지 않아요. 배가 부른데도 식탐 때문에 꾸역꾸역 먹는 것, 다른 사람이 굶어 죽는데도 나누어 먹지 않는 것, 이런 것을 욕심이라 합니다."

욕심이 통제력을 잃을 때 삶이 힘들어지는 것이다. 중요한 것은 욕심을 버리려 애쓰는 것이 아니라, 욕심을 관리하는 힘을 기르는 것이다.

인생에서 진짜 필요한 것은 더 많이 가지는 것이 아니라 더 현명하게 살아가는 것이다.

욕심을 적으로 두지 말고, 지혜롭게 다루어 나를 단단하게 만드는 친구로 삼자.

그러면 욕심은 삶을 무겁게 하는 짐이 아니라, 우리를 조금 더 빛나게 만드는 연료가 된다.

사치와 허영을 부린다는 것은, 자신이 그만큼 못나고 알맹이가 부족한 사람임을 몸소 말해주는 거야. 진주 목걸이를 하여도 돼지는 돼지일 뿐이다. 사치와 허영보다는 너라는 사람의 내적 성장에 힘쓰거라. 너 자신의 지혜와 마음을 반짝이고 단단한 다이아몬드로 만들 거라.

_윤태진, 『아들아 삶에 지치고 힘들 때 이 글을 읽어라』

08

외로움과
함께라도
괜찮아졌다

외로움은 누구에게나 찾아온다.

가까웠던 사람과의 관계가 멀어질 때, 혼자 감당해야 할 책임이 무겁게 느껴질 때, 혹은 아무 일도 없는데 문득 마음이 가라앉을 때 우리는 외로움이라는 감정과 마주하게 된다.

외로움은 다른 사람의 시선에 가려졌던 진짜 마음, 바쁘다는 이유로 미뤄두었던 고민들, 그리고 아무에게도 말하지 못한 상처들이 어느샌가 모습을 드러낸다.

외로움이 불편한 이유는 우리가 외면해왔던 내 안의 진실을 정면으로 마주하게 만들기 때문이다.

외로움을 이겨내기 위한 첫 번째 방법은 외롭다는 감정을 인정하는 것이다.

많은 사람이 외로움을 부끄러운 감정처럼 숨기려 한다. 하지만 감정은 외면할수록 커지고, 인정하면 작아진다.

스스로에게 "지금 나는 외롭다"라고 솔직히 말하면 마음이 좀 편해짐을 느낀다. 감정과 싸우지 않는 것, 이것이 출발점이다.

두 번째 방법은 자기 자신과 진솔한 대화를 시작하는 것이다.

외로움은 나와의 거리에서 비롯된다. 사람과의 관계가 아무리 풍성해도 자기와의 관계가 끊어져 있으면 만족할 수 없다.

일기라도 좋고, 간단한 메모라도 좋다.

스스로에게 묻고 답해 보자.

간단한 질문들이 외로움 속에서 중심을 잡아주는 힘이 된다.

세 번째 방법은 의도적으로 작은 루틴을 만드는 것이다.

외로움은 마음이 텅 비어 있을 때 더 크게 파고든다.

그래서 일상을 재구성하는 것이 효과적이다.

가벼운 산책, 간단한 독서, 10분의 운동, 따뜻한 차 한 잔처럼 사소해 보이는 루틴이 마음의 균형을 잡아준다. 작지만 반복되는 행동들은 외로움을 약하게 만들어 준다.

네 번째 방법은 자기 자신에게 집중하도록 환경을 바꾸는 것이다.

불필요한 비교를 만드는 SNS 사용을 줄이고, 나를 성장시키는 활동을 늘려보자.

배움, 운동, 글쓰기 같은 활동은 외로움을 흩어지게 만든다.

혼자 있는 시간을 무기력한 시간이 아니라, 나를 업그레이드하는 시간으로 바꾸면 외로움은 더 이상 당신을 괴롭히지 못한다.

가장 좋은 방법은 이것이 아닐까 생각한다.

외로움을 완전히 없애려 하지 않는 것.

외로움은 인생의 빈틈이 아니라, 우리를 더 단단하게 하는 과정이라 생각하는 것이다.

외로움을 이해하려 한다면 외로움은 넘어야 할 장애물이 아니라, 우리를 더 강한 사람으로 만들기 위해 찾아온 성장의 마중물이 된다.

―――――――――――――― | 내가 좋아하는 책 속 이야기 | ――――――――――――――

괜찮아. 그늘이 없는 사람은 빛을 이해할 수 없어. 어두운 면을 드러내는 건 내가 자유로워지는 하나의 방법이다. 감정에도 통로가 있어서 부정적인 감정이라고 해서 자꾸 닫아두고 억제하면 긍정적인 감정까지 나오지 못하게 된다.

_백세희, 『죽고 싶지만 떡볶이는 먹고 싶어』

09

없는 게 아니라
채워가는
중이다

우리는 결핍을 삶의 결함처럼 받아들인다.

가진 것이 부족하고, 이루지 못한 것이 남아 있을 때 마음 한켠이 허전해진다. 그러나 결핍이 나쁜 것만은 아니다.

사회탐구영역 스타강사인 이지영 님은 결핍을 원동력으로 지금의 자리에 왔다고 한다. 학창 시절 문제집 살 돈이 없어 친구들이 다 풀고 버린 문제집으로 공부를 했고, 교복도 선배들에게 물려받았다고 한다. 자신의 처지를 한탄만 하지 않고 가난을 벗어나기 위해 죽을 만큼 열심히 공부했다고 한다. 그렇게 해서 서울대학교에 입학을 하고 지금 대한민국에서 가장 잘나가는 사회탐구 강사가 되었다.

　　가난을 이겨내고 부자가 된 사람들은 누구보다 돈의 소중함을 잘 알고, 아파본 사람은 건강의 중요성을 뼈저리게 느낄 수 있다. 비워진 자리만큼 성장의 여지를 남겨준 것이다.

　　사람은 여유로울 때는 일상의 행복을 잘 느끼지 못한다. 그냥 당연하게 생각한다.

　　결핍은 우리를 움직이게 하고, 배우게 하고, 견디게 하고, 결국에는 성장하게 만든다.

　　결핍의 틈으로 삶의 지혜와 경험이 스며드는 것이다.

　　가진 것이 너무 많을 때는 쉽게 오만해지고, 누군가에게 의지할 일도 없다. 그러나 부족할 때 우리는 다른 사람의 손길이 얼마나 귀한지, 작은 도움 하나가 얼마나 큰 위로가 되는지를 알게 된다.

　　결핍은 삶의 결함이 아니라 성장의 여백이다. 지금의 부족함이 더 나은 내일을 가져다준다는 사실을 기억하면, 지금의 결핍마저도 감사하게 바라볼 수 있을 것이다.

내가 좋아하는 책 속 이야기

가난하다 해도 삶에 최선을 다했고 떳떳하게 살아왔다면 그 삶에 자긍심과 자부심을 느껴야 한다. 세상에는 부끄러워해야 할 부가 있듯이 떳떳한 가난이 있다. 진정한 가치는 숫자로 측정되지 않는다. 아이큐가 지혜를 측정할 수 없고, 집의

평수가 가족의 화목함을 보장할 수 없고, 연봉이 그 사람의 인격을 대변할 수는
없다. 삶의 가장 중요한 것은 숫자가 담을 수 없는 것들에 있다.

_김수현, 『나는 나로 살기로 했다』

10

건강은
양보하는 게
아니다

"건강한 사람은 수많은 소원을 빌지만, 아픈 사람은 단 하나의 소원만을 가진다."

"건강은 한 번 무너지면, 모든 계획을 수정하게 만든다."

"건강을 잃으면 지혜를 누릴 수 없고, 지혜가 없으면 건강을 지킬 수 없다."

내가 좋아하는 건강에 관한 글귀를 3가지만 적어보았다.

건강은 우리 인생의 마지막 경쟁력이 된다.

젊을 때는 건강을 너무 당연히 여긴다. 몸은 늘 우리 편일 것이라 착각하고, 조금의 무리는 아무렇지 않게 넘어갈 수 있다고 생각한다.

하지만 건강이란 돌보지 않으면 떠나버린다.

아무리 좋은 직장, 높은 연봉, 화려한 경력도 건강을 잃는 순간 모든 것이 의미 없어진다.

우리가 더 나은 삶을 꿈꾼다면 먼저 내 몸을 사랑하는 것부터 시작해야 한다.

충분한 잠을 자고, 좋은 음식을 먹고, 천천히 숨을 고르고, 마음을 덜어내고, 몸을 돌보는 일은 무엇보다 중요하다.

건강한 사람의 하루는 길고 깊다. 아침의 맑은 공기를 만끽할 여유가 생기고, 점심 식사 후 찾아오는 피로도 문제없고, 밤에는 자신에게 "오늘 참 잘 살았다"고 말할 수 있다.

몸이 무너지면 마음도 함께 무너진다. 작은 스트레스도 견디기 힘들고, 하고 싶은 일보다 버텨야 하는 일이 많아진다.

그래서 건강은 노력하는 사람에게 주는 보상이기도 하다.

걷기 30분, 물 한 컵, 적절한 휴식, 마음을 채우는 한 페이지의 독서.

이 소소한 실천들이 쌓여, 남은 인생을 지탱하는 든든한 기반이 된다.

건강을 지키는 것은 더 오래 사랑하고 더 오래 꿈꾸기 위한 것이다.

한 번 잃은 건강은 다시 회복하기 어렵다.

아무리 바빠도 잠은 양보하지 마라. 추월차선을 달리는 사람들의 공통점 중 하나는 충분한 수면을 취한다는 것이다. 머리가 개운한 상태를 유지하는 것은 충분한 수면에 의해서만 가능하다는 것을 성공한 사람은 본능적으로 알고 있다.

_고도 토키오, 『부의 추월차선 직장인 편』

11

아무것도
하지 않는 시간이
필요하다

혼자 조용히 나무들이 우거진 숲길을 걸어본 경험이 있는가?

잠시 스마트폰을 꺼놓고 나무 사이로 보이는 푸른 하늘과 잔잔히 흐르는 시냇물, 나뭇잎을 스치는 바람 소리를 느껴본 경험이 있는가?

지금 우리가 지쳐있는 이유가 너무 앞만 보고 달려가기 때문이 아닐까라는 생각을 해본다.

우리의 관심은 대부분 외부에 있기 때문에 지금 나의 상태는 어떤지 어떤 인생을 살고 싶은지 모르고 그냥 흘러간다.

쉼은 삶을 다시 이어가는 조용한 기술이다.

쉬는 것과 게으른 것은 다르다. 삶의 속도를 조율하는 것이다. 숨을 고르는 동안 심장은 다시 리듬을 찾고, 마음은 방향을 정비한다.

바쁘게 살아가는 동안 잊어버렸던 자신의 목소리가 비로소 또렷하게 들린다.

많은 사람들은 이렇게 생각한다.

'조금만 더 하고 쉬자.'

하지만 그 조금만은 늘 끝없이 이어지고, 우리는 지친 마음을 가지고 내일을 향해 또 걸어간다. 쉼은 시간이 남을 때 찾는 것이 아니라, 삶을 위해 반드시 마련해야 하는 필수 요소이다. 한 잔의 물이 목마름을 해소하듯, 작은 쉼은 무너질 듯 흔들리는 마음을 다시 살려낸다.

잠시 눈을 감고 따뜻한 차 한 잔을 마시는 것, 좋아하는 책의 한 문장을 천천히 음미하는 일처럼 아주 소소한 것이면 충분하다.

내가 나를 돌보고 있다는 감각을 느껴보자. 그 감각이 회복되면, 우리는 더 이상 세상에 떠밀려 사는 존재가 아니라, 자신의 인생을 주도하는 사람이 된다.

잠시 멈춰 서면 보이지 않던 것들이 눈에 들어온다. 풀잎 사이로 스며드는 햇빛, 아이들의 해맑은 웃음소리, 나를 반겨주는 일상의 다정함.

쉼은 우리가 이미 가지고 있는 행복을 다시 보게 만들어 준다.

단단한 사람은 쉼의 의미를 알고 있다. 자신이 멈춰야 할 때를 알고, 속도를 줄여야 할 때를 알고, 마음이 무너지기 전에 스스로를 보듬는 법을 안다.

그래서 다시 걸을 때 누구보다 멀리 오래 간다.

짧은 휴식이 내일을 다시 살아낼 힘이 되어 준다.

쉼은 후퇴가 아니라 회복이다.

당신에게는 당신만의 공간과 시간이 필요하고, 당신을 향한 애정과 인내도 필요해요. 공간과 시간, 애정과 인내가 생기고 나면 그다음은 치유가 당신을 기다리고 있을 거예요.

_제임스 위디·올리비아 세이건, 『괜찮지 않아도 괜찮아요』

12

두려움은
사라지는 게 아니라
넘어서는 것이다

　제1회 '일본감동대상' 대상을 수상했고, 나도 책을 써보고 싶다는 생각과 행동을 하게 한 책이 있다.

　하야마 아마리의 『스물아홉 생일, 1년 후 죽기로 결심했다』라는 책이다.

　이 책은 실화를 바탕으로 쓰인 책이다. 무려 1046:1의 경쟁을 뚫고 대상을 차지한 이 책은 작가의 스물아홉 생일로부터 1년간의 이야기이다.

　파견사원, 아버지의 병, 실연, 볼품없고 뚱뚱한 외모, 절망적인 상황에서 1년이라는 시간 동안의 고군분투를 통해 멋진 미래를 손에 넣게 된다.

그녀의 인생 역전은 마음먹기였다고 생각한다.

책에 이런 글귀가 있다.

'기적을 바란다면 발가락부터 움직여 보자.'

용기라는 불씨가 당신의 하루를 바꾼다.

거창한 용기가 아닌 아주 작은 용기만으로도 충분하다.

아침에 눈을 뜨며 "오늘도 한번 해보자"라고 마음을 다잡는 것, 포기하고 싶은 순간에 한 번 더 시도해 보는 것, 두려움이 발목을 잡아도 아주 작은 한 걸음을 내딛는 것.

이 모든 것이 용기다.

『보물지도』라는 책을 읽다 다음 문장에 빨간 줄을 그었다.

"이 세상에서 가장 행복한 사람은 매우 즐겁고 행복하게 일하면서 생활비를 버는 사람일 것입니다."

나는 가수가 떠올랐다.

자신이 좋아하는데 잘하기까지 한 노래를 부르며 생활비를 버는 사람. 그리고 사람들에게 기쁨을 주는 멋진 일이라는 생각이 들었다.

그래서 나는 작은 용기를 내어 보았다.

전국노래자랑과 K-POP 스타 시즌 4에 출전을 했다.

그러곤 깨달았다. 내가 노래를 좋아하긴 하지만 생활비를 벌진 못할 것이라는 것을….

나에게 생활비를 주는 회사에 더 감사하는 마음이 생겼다.

용기는 타고나는 것이 아니라 쓰는 사람이 강해지는 재능이다.

불안하고 떨리더라도 괜찮다.

작은 용기도 꺼내다 보면, 마음속에서 커다란 불씨로 번져 나간다.

오늘의 미약한 용기가 내일의 확신이 되고, 내일의 확신이 모여 우리를 더 넓은 세계로 데려다준다.

실패해도 된다. 상처 좀 받으면 어때?

심장이 떨리고 손끝이 차가워지는 순간에 한 걸음 내딛는 것, 뒤돌아보며 흔들리더라도 다시 앞으로 향하는 것, 자신을 믿기 위해 애쓰는 것. 이런 순간들이 우리의 삶을 조금씩 야무지게 바꾸어 준다.

용기는 거창하지 않아도 충분히 아름답다.

-------------------------- | **내가 좋아하는 책 속 이야기** | --------------------------

이렇게 동백을 보는 날이면, 후둑, 후두둑 떨어지더라도 어여쁘게 피어나는 동백을 보는 날이면, 동백처럼 한번 환하게 피어볼 용기로 살아가야 하지 않나 싶어진다. 시들 줄 알지만, 그래도 겁 없이 화사하게 피어날 용기로. '그래도'의 용기로

_자림, 『사소한 용기』

13

좋은 말
한마디가
사람을 살린다

우리의 마음은 사소한 말투의 차이에도 큰 영향을 받는다.

작은 말투의 차이로 누군가의 부탁을 들어주기도 하고 거절하기도 한다.

말투를 조금만 바꿔 보자.

사람은 기대로 움직인다. '피그말리온 효과'를 들어봤을 것이다. 긍정적인 기대나 관심이 사람에게 좋은 영향을 미친다는 의미이다.

재밌는 실험이 하나 있다.

1968년 하버드대학교의 교수 로젠탈(Robert Rosenthal)은 미국의 초등학교 학생들을 대상으로 피그말리온 효과에 대한 실험을 했다.

우선 전체 학생을 대상으로 지능검사를 실시했고, 결과와 상관없이 무작위로 20%의 학생을 뽑은 후, 20%의 명단을 교사에게 전달했다.

학생들은 교사의 기대와 격려에 부응하려고 노력했다.

다시 지능검사를 실시하자, 해당 학생들의 성적이 향상되었다.

교사의 기대와 격려가 학생의 성적 향상에 실제로 영향을 미친다는 사실을 증명한 것이다.

칭찬은 마음의 문을 여는 부드러운 언어이다.

사람의 마음은 생각보다 여리기에 작은 말 한마디에 흔들리기도 하고, 따뜻해지기도 한다.

칭찬은 상대를 따뜻하게 바라보는 마음에서 시작된다. 좋은 마음으로 들여다보면, 누구나 말해줄 수 있는 좋은 점이 있다.

칭찬할 때 중요한 것은 정확함과 진심이다. 간혹 습관적으로 칭찬을 하는 사람들도 있는데 그건 상대에게 좋은 감정을 전달하진 못한다. 상황에 맞는 타이밍과 진심이 함께 하여야 한다.

칭찬은 관계를 따뜻하게 가꾸는 힘을 가지고 있다. 칭찬을 건넸다고 해서 내가 손해를 보는 일은 없다. 오히려 마음을 나누는 일은 나의 삶을 더 풍요롭게 만든다. 상대를 인정하면 상대는 나에 대한 거리를 줄여준다. 관계가 힘들어질 때일수록, 칭찬 한마디가 분위기를 바꾸는 놀라운 계기가 되기도 한다.

또한, 자신을 향한 칭찬도 필요하다. 우리는 남에게는 관대하면서 정작 자신에게는 아주 엄격하다. 작은 성취, 작은 용기, 작은 변화에도 자신을 칭찬해 주자. 자신을 칭찬할 줄 아는 사람이 자존감을 지킬 수 있다. 자신을 향한 칭찬은 나태함을 부르는 것이 아니라, 더 큰 책임감과 동기 부여를 가져온다.

칭찬은 어렵지 않다. 마음을 살짝만 열고, 주변을 따뜻한 시선으로 바라보면 언제든 누구에게든 건넬 수 있는 선물이다.

그리고 그 선물은 돌아오게 되어 있다.

세상이 가장 필요로 하는 사람은 누구일까요? 재능이 있는 사람? 아닙니다. 바로 칭찬하는 사람입니다. 세상은 수요와 공급으로 돌아갑니다. 이 세상에 칭찬받고 싶은 사람은 가득합니다. 남을 칭찬하면 마법에 걸린 듯이 나를 좋아하게 되는 사람이 마구 늘어나게 되는 것이죠. 굉장한 인기를 얻게 되는 셈입니다.

_미야모토 마유미, 『돈을 부르는 말버릇』

14

정치는
남의 일이
아니다

정치는 우리의 일상 깊숙이 스며 있는 보이지 않는 손과 같다.

커피 한 잔의 가격부터 아이가 다니는 학교의 환경, 부모님이 받는 복지 서비스, 우리가 퇴근 후 걸어가는 길의 안전까지 정치가 관여하고 있다.

그렇기에 우리는 정치에 관심을 가져야 한다.

정치란 더 많은 사람이 더 나은 삶을 살 수 있도록 공공의 문제를 해결하는 과정이다. 사회적 약자의 삶을 대변하고, 사회가 어디로 향해야 하는지 방향을 제시하며, 세대와 계층 사이에서 균형을 잡아준다.

우리들의 관심이 모여야 정치가 건강해지고 더 성숙해진다.

생각이 다르다고 적이 되는 것이 아니라, 생각의 차이를 조율하며 더 나은 답을 찾아가는 것이다.

우리가 올바른 방향을 선택한다면, 우리 아이들이 살아갈 세상은 지금보다 조금 더 희망차고, 공정한 곳이 될 것이다.

정치권에서 비리가 빈번한 건 권력 의지가 결국 물욕으로 귀결된 경우다. 꿈도 사랑도 사라졌을 때 남자는 정치에 매달린다. 과거의 실수를 바로잡고 싶어서다. 세상을 바꿔서 나를 바꾸고 싶어서다. 스스로 초인이 되려 할 수도 있고 초인의 곁에서 돈과 노력을 들이는 후원자가 될 수도 있다.

_신기주, 『남자는 무엇으로 싸우는가』

15

역사는
같은 실수를
반복하지 않게 한다

역사는 오늘의 나를 더 명확하게 만든다.

인생에서 길을 잃었다고 느껴질 때, 최선을 다했음에도 제자리라고 느낄 때, 역사에서 해답을 찾을 수 있다.

역사를 살펴보면 절망 뒤에 늘 새로운 시대가 열렸다. 무너진 왕조 뒤에는 새로운 왕조가 세워졌고, 사라진 문명 뒤에는 또 다른 문명이 싹을 틔웠다.

이 흐름은 우리에게 중요한 사실을 알려준다.

지금 보이는 절벽이 인생의 끝이 아니라는 것, 지금의 어둠이 나중의 빛을 준비하는 시간일 수 있다는 것이다.

역사를 이해하면 시야가 넓어진다.

내가 겪고 있는 시행착오, 사소한 감정의 흔들림, 누군가의 말에 상처받는 일들이 긴 시간의 흐름 속에서는 작은 점에 불과함을 알게 된다.

큰 흐름을 이해하면 작은 파도에 휘둘리지 않는다.

두려움이 앞서던 마음은 고요해지고, 인생을 바라보는 기준이 바뀌고, 나의 선택은 더 신중해진다.

역사는 우리가 감정의 소용돌이를 벗어나 방향을 바라보게 하는 힘을 갖고 있다.

수많은 역사 속 인물들의 선택을 따라가다 보면, 삶에서 무엇을 지켜야 하는지, 무엇을 버려야 하는지 자연스럽게 알게 된다.

어떤 태도가 사람을 강하게 만드는지, 어떤 욕심이 자신과 나라를 무너뜨렸는지, 어떤 원칙이 시대를 바꾸었는지 우리는 역사의 발자취에서 배우게 된다.

갈림길에 설 때마다 마음의 소란을 잠재우고, 더 나은 선택으로 이끌어 준다.

역사를 읽는다는 것은 미래를 준비하는 현명한 방법이다.

과거의 실패는 우리의 실수를 줄여주고, 과거의 성공은 우리의 가능성을 높여준다.

그 모든 흐름이 시간의 강을 타고 흘러와 지금의 우리에게 닿는다.

지금의 고민, 도전, 용기도 하나씩 쌓여 우리만의 역사를 만들고 있다.

과거를 품을 줄 아는 사람만이, 더 멀리, 흔들림 없이 나아갈 수 있다.

단죄란 보복과는 다른 차원이다. 물어야 할 책임을 확실하게 묻는 일이다. 일본이 우리에게 보이는 행태가 확실한 사례다. 과거 역사의 책임을 확실하게 묻지 않았던 업보가 부메랑으로 돌아와 우리 뒤통수를 치고 있다. 정당한 책임 규명과 배상 요구를 일본은 보복이나 몽니로 몰아세우고 있지 않은가.

_박주경, 『따뜻한 냉정』

16

놓아도
괜찮다

아프리카 원주민들은 원숭이의 습성을 이용한 독특한 사냥법이
있다.

입구가 좁은 항아리에 원숭이가 좋아하는 견과류나 과일을 넣어 유
인한다.

원숭이는 항아리 안에 손을 넣고 먹이를 움켜쥔다.

먹이를 움켜쥔 손이 항아리의 좁은 입구에 걸려서 빠지지 않는다.

끝내 손을 빼지 않은 원숭이는 사냥꾼에게 잡히게 된다.

참으로 어리석은 원숭이라는 생각이 들 것이다.

그런데 나도 한때는 저런 원숭이의 우를 범한 적이 많았다.

놓아야 할 때 집착과 미련으로 인해 놓지 못한 때가 한두 번이 아니었다.

집착은 노력처럼 보이지만, 오래 붙들고 있으면 스스로를 갉아먹는 감정으로 변한다.

손에 힘을 더욱 주며 매달리지만, 정작 그 집착이 우리를 쥐고 흔들고 있다.

집착이 무서운 건 옳은 길처럼 느껴진다는 데 있다. 더 참고 버티면 성과가 나올 것 같고, 더 매달리면 원하는 결과를 얻을 수 있을 것만 같다.

하지만 집착은 우리의 시야를 좁게 만들고 기회도 날려버린다. 눈앞의 한 지점에만 모든 에너지를 쏟아붓다 보면, 오히려 더 큰 기회를 놓치기 쉽다.

집착과 몰입의 차이는 여백에 있다.

몰입은 집중을 통해 새로운 관점을 열어주는 힘이 있지만, 집착은 다른 가능성을 차단하며 우리를 고립시킨다. 마음에 여유가 있을 때 우리는 더 넓은 시야로 판단하고, 더 나은 결정을 내릴 수 있다.

반대로 집착은 두려움을 통해 우리를 움직이며, 놓칠까 봐, 실패할까 봐, 인정받지 못할까 봐 더 강하게 움켜쥐게 만든다. 꽉 쥔 손 안에는 새로운 기회가 들어오지 않는다.

그렇다면 집착을 내려놓는다는 것은 어떤 의미일까?

이것은 포기나 게으름이 아니다. 오히려 자신을 더 크게 성장시키기 위한 선택이다. 마음을 비우면 새로운 길이 보이고, 여유를 주면 더 나은 방향이 떠오른다. 잠시 멈추어 거리를 두는 것이 더 멀리 가는 비결이 된다.

숨을 고르면 생각이 선명해지고, 시야가 넓어지고, 마음이 부드러워진다. 그 부드러움 속에서 우리는 자신이 정말 원하는 것이 무엇인지 알 수 있다.

집착을 내려놓는 순간 삶은 훨씬 자연스럽게 흘러가기 시작한다. 마음이 가벼워지면 행동은 까칠함이 아닌 예리함이, 불안 대신 평온함이 찾아온다.

무엇보다 나 자신이 회복된다.

사랑에 매달릴수록 사랑은 멀어진다. 의존하는 마음은 상대에게 거부당할 때 그대로 상처가 된다. 내 마음속에 존재하는 얽히고설킨 실타래를 풀 수 있는 유일한 사람은 바로 나라는 것을 잊지 말아야 한다. 그래야만 사랑하는 사람과 나쁜 감정을 품은 채 헤어지지 않고 오래도록 함께할 수 있다.

_배르벨 바르데츠키, 『너는 나에게 상처를 줄 수 없다』

17

내일을
버텨낼 이유가
생긴다

희망은 연습을 통해 기를 수 있다.

삶이 순조로울 때는 누구나 긍정적일 수 있다.

그러나 인생은 뜻대로만 흘러가지 않는다.

노력해도 결과가 없고, 방향이 맞는지조차 확신이 서지 않는 시기가 찾아온다.

그때 우리에게 필요한 것이 희망이라는 단어이다.

희망은 현재를 포기하지 않는 태도에서 시작된다. 오늘 하루를 대충 흘려보내지 않겠다는 마음, 어제보다 조금 더 나은 선택을 하겠다는 의지.

이런 태도가 쌓이면 삶은 서서히 좋은 방향으로 움직인다.

애덤 잭슨이 쓴 『책의 힘』이라는 책에는 풍요로운 인생을 살게 하는 마지막 1%의 힘을 소개하고 있는데, 그 책에 이런 글귀가 있다.

"모든 가능성을 다 시도했다고 생각할 때, 이 한 가지를 명심하게. 여전히 가능성은 있다는 것을."

이 문장이 너무 좋아서 수십 번을 되새겼다.

변화는 작은 선택에서 비롯된다.

통제할 수 없는 미래를 걱정하는 것이 아니라, 통제 가능한 오늘에 집중하는 것이다.

희망은 나에게 보내는 긍정의 신호이다.

"나는 아직 나를 포기하지 않았다"는 메시지 말이다. 이 신호를 자주 보낼수록 흔들리는 상황에서도 중심을 잡을 수 있게 된다.

인생이 막막할 때, 큰 계획을 세우려 하지 말자.

다만 오늘을 성실하게 관리하자. 오늘을 잘 살면 내일을 버틸 힘이 생기고, 그 힘이 쌓이면 방향이 보이기 시작한다.

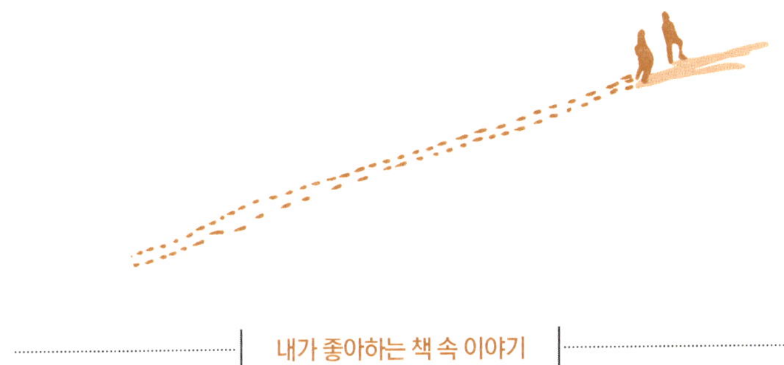

기적을 바란다면 발가락부터 움직여보자. 목표가 생기자 계획이 만들어지고, 계획을 현실화시키려다 보니 전에 없던 용기가 나오기 시작했다. 가진 게 없다고 할 수 있는 것까지 없는 건 아니다. 단 한 걸음만 내디뎌도 두려움은 사라진다.

_하야마 아마리, 『스물아홉 생일 1년 후 죽기로 결심했다』

18

조금 더
사랑하자

살면서 우리는 너무 쉽게 날을 세운다.

말 한마디에 상처받고, 작은 오해에도 마음의 문을 닫아버린다.

바쁘다는 이유로, 피곤하다는 핑계로 사랑을 뒤로 미뤄버린다.

우리 인생에서 정말 중요한 것은 성공과 성취보다 사랑이 아닐까?

사랑은 특별한 날에만 꺼내 쓰는 것이 아니다.

사랑은 오늘 하루, 상대의 말을 끝까지 들어주는 것일 수도 있고

괜스레 날카로워진 나 자신을 한 번 더 돌아보는 태도일 수도 있다.

우리는 사랑 받으려 애쓰지만 사랑을 주려는 마음은 인색하다.

사랑하며 산다는 것은 지지 않으려 경쟁하는 삶이 아니라 함께 가

기 위해 속도를 맞추어 주는 삶이 아닐까?

인생이 고단할수록 사랑은 사치처럼 느껴질 수 있다.

하지만 우리가 지쳤을 때 다시 일으켜 세우는 것은 사랑이다.

누군가의 따뜻한 말 한마디

살포시 건네는 공감 하나가 오늘을 견디게 해준다.

조금 서툴러도 괜찮다.

완벽하지 않아도 괜찮다.

다만 인색해지지는 말았으면 한다.

마음을 닫지 말고 사랑할 수 있을 때 사랑하며 살았으면 한다.

언젠가 인생을 돌아볼 날이 왔을 때

"그래도 나는 사랑하며 살았다"라고 말할 수 있다면

그 삶은 충분히 잘 살아낸 인생일 테니까.

----------------------------------- | 내가 좋아하는 책 속 이야기 | -----------------------------------

사랑은 오래 참는다. 사랑은 정이 깊다. 시기하지 않는다. 사랑은 자만하지 않고, 교만하지 않다. 예를 잃지 않고, 자기의 이익을 구하지 아니하며, 조급하지 않으며, 원한을 품지 않는다. 불의를 기뻐하지 않고, 진실을 기뻐한다.

_이이다 후미히꼬, 『사랑의 논리』

읽기에서 쓰기로, 그리고 작가로

매일 책을 읽다 보니 작가가 되었다

책을 읽다 보면 마음속에서 잔잔한 파동이 일어난다.

글귀가 마음을 스치고,

특정 문장에 오래 머물러 있을 때,

무언가를 쓰고 싶은 사람으로 변하게 된다.

글을 쓰고 싶다는 마음은

세상을 이해하는 마음이 깊어졌다는 것이다.

독서는 나의 생각을 아름답게 다듬어 준다.

01

글이
쓰고 싶어지다

책을 20권 정도 읽었을 때 근심으로 가득했던 머리가 맑아지기 시작했고, 50권을 읽고 나니 용기가 생기고 일에서도 사람 관계에서도 자신이 생겼다.

그리고 100권을 넘어서니 이런 생각이 들었다.

'나도 책을 써보고 싶다.'

책을 읽다 보면 마음속에서 잔잔한 파동이 일어난다.

글귀가 마음을 스치고, 특정 문장에 오래 머물러 있을 때, 무언가를 쓰고 싶은 사람으로 변하게 된다. 글을 쓰고 싶다는 마음은 세상을 이해하는 마음이 깊어졌다는 것이다.

독서는 나의 생각을 아름답게 다듬어준다.

작가의 문장을 따라가다 보면, 그 속에서 나의 경험과 감정이 겹치게 된다.

그러다 보면 나의 이야기를 써보고 싶다는 생각이 자라난다. 글을 쓰고 싶은 마음은 비교나 경쟁에서 오는 것이 아니다.

공감의 확장이다. 누군가의 글이 나를 움직였듯, 나의 글도 누군가의 마음을 두드릴 수 있을 것이라는 기대가 생기는 것이다.

책 속에는 기쁨과 슬픔, 실패와 성공이 교차하며, 그 모든 이야기가 나의 기억과 마음에 닿는다. 그래서 책을 읽을수록 내면이 성장하는 것이다.

글을 쓰면 내 안에 숨어 있던 목소리를 찾을 수 있다.

책을 읽다가 글을 쓰고 싶은 욕구가 생긴다면, 그것은 엄청난 성장의 신호이다.

이제 더 이상 외부의 자극에만 반응하는 존재가 아니라, 스스로 생각하고 표현할 줄 아는 사람으로 변하고 있는 것이다.

책 쓰기는 자신을 세상과 연결하는 다리이다.

처음에는 조금 두렵기도 할 것이다.

'내가 써도 될까?'

두려운 마음이 앞서지만, 괜찮다.

3년 동안 도서관에서 살다시피 하며 만 권의 책을 읽은 김병완 작가는 이런 말을 했다.

"작가가 된다는 것은 어제의 자신을 넘어선다는 것을 의미한다. 그렇기 때문에 우리는 책 쓰기에 도전해야 한다.

전문가들이 책을 쓰는 것이 아니다.

책을 쓰면 전문가가 되는 것이다.

성공한 사람들이 책을 쓰는 것이 아니다.

책을 쓰면 성공하게 되는 것이다.

똑똑한 사람들이 책을 쓰는 것이 아니다.

책을 쓰면 똑똑하게 되는 것이다.

재주 있는 사람들이 책을 쓰는 것이 아니다.

책을 쓰면 재주 있는 사람이 되는 것이다."

어떤가? 한번 도전해 보고 싶지 않은가?

중요한 건 완벽한 문장이 아니라, 마음을 담은 문장이다.

글은 잘 쓰는 사람이 아니라, 느낀 것을 용기 있게 표현한 사람이 남긴다.

책을 읽는 것은 나를 이해하려는 시간이고, 글을 쓰는 것은 그 이해를 세상과 나누려는 행위이다.

그래서 책 읽기와 글쓰기는 떨어질 수 없는 관계인 것 같다.

한쪽이 다른 한쪽을 자극하고, 그 자극이 인생을 풍요롭게 만든다. 책을 읽다 보면 글이 쓰고 싶어지고, 글을 쓰다 보면 다시 책을 읽고 싶어진다. 그 순환 속에서 우리는 점점 더 깊어지고, 더 따뜻해진다.

02

책이
나를 깨우는
순간

나는 한때 세상이 등을 돌린 것처럼 느껴지던 시기가 있었다. 노력해도 성과가 없었고, 사람들과의 관계도 자꾸 어긋났다. 그럴수록 나는 점점 움츠러들었다.

우연히 방에 방치되어 있던 시집 하나가 내 인생을 바꾸었다. 파릇했던 20살에 여중생에게 선물로 받았던 그 한 권의 책에서 설렘을 느꼈다.

책은 내 안의 잠든 생각을 깨우는 종이었다. 성공한 사람들의 이야기를 읽으며 '나도 할 수 있지 않을까?' 하는 희미한 불씨가 피어올랐다.

철학책을 읽으며 '나는 왜 이렇게 살고 있는가?'라는 근본적인 질문을 던졌고, 에세이를 읽으며 다른 사람의 아픔 속에서 내 상처를 비추어 보았다. 그렇게 나는 세상을 보는 시선이 바뀌고, 자신을 이해하는 법을 배웠다.

책은 나를 다그치지 않았고 조용히 나를 이끌어 주었다.

가장 크게 달라진 것은 생각의 방향이었다.

예전의 나는 곤란한 문제를 만나게 되면 불평과 두려움이 앞섰지만, 이제는 별로 두렵지가 않다. 웬만한 문제는 책을 통해 이미 경험해 보았기 때문이다.

책은 언제나 나보다 한발 앞서 있었다. 내가 인생의 길을 잃었을 때, 책은 말없이 길을 밝혀주었고, 내가 포기하고 싶을 때마다 "괜찮다, 다시 시작하면 된다"고 다독여 주었다.

그 덕분에 나는 어제보다 조금 더 단단해졌고, 오늘의 나를 스스로 응원할 수 있게 되었다.

인생의 변화는 거창한 사건이 아니라도 한 권의 책을 통해서도 충분히 가능하다.

위로받고 용기를 얻으면 사람은 다시 일어설 수 있다.

그럴 수도
있지 뭐

우리는 좋지 않은 일이 생기면 이유를 찾고, 책임을 묻고, 상황을 질책하기 바쁘다.

왜 나에게 이런 일이 생겼는지, 내가 무엇을 잘못했는지 속상한 마음만 가득해진다.

생각은 꼬리에 꼬리를 물고 점점 화가 치밀어오른다.

그런데 그때 "그럴 수도 있지 뭐"라고 말해보면 이상하리만큼 마음이 가라앉는다.

이 말은 포기가 아니다.

대충 넘기겠다는 체념도 아니다.

'이만하길 다행이다'라는 안도와 감사의 뜻이 숨어 있다.

작년 여름의 일이다.

나의 세 번째 책 출간 기념으로 베트남에 가족 여행을 떠났다.

맛있는 것도 실컷 먹고 관광도 알차게 하고 너무 즐거운 여행이었다. 6일간의 일정을 모두 마치고 우리는 한국으로 돌아갈 밤 비행기를 타기 위해 공항으로 갔다. 그런데 문제가 생겼다. 한국으로 돌아가는 비행기 티켓의 날짜가 오늘이 아닌 내일이었다. 오늘 비행기로 돌아가려면 100만 원을 더 지불해야만 했다. 비행기 티켓을 잘못 예약한 아내는 어쩔 줄 몰라 하며 나와 딸의 눈치만 살폈다.

오랜 독서로 단련이 된 나였지만 이런 경우는 처음이라 나도 살짝 당황스러웠다.

난 아내와 딸에게 말했다.

"괜찮아. 그럴 수도 있지 뭐. 오히려 잘됐네. 한국으로 돌아가기 아쉬웠는데 베트남에서 하루 더 놀다 갈 수 있으니 오히려 잘됐다. 하하하."

그렇게 우리 가족은 하루 더 베트남에서 즐거운 시간을 보낼 수 있었다.

인생은 늘 계획대로만 흘러가지 않는다.

아무리 조심해도 실수는 생기고

아무리 신경 써도 예상치 못한 변수가 생길 수 있다.

"그럴 수도 있지 뭐"는 정말 신경안정제 같은 말이다.

이 말을 하고 나면 다음 생각이 차분해진다.

감정이 가라앉으니 판단이 또렷해지고, 불필요한 질책 대신 필요한 선택이 보이기 시작한다.

삶이 마음처럼 풀리지 않는 날

괜히 모든 것이 버거워지는 날

잠시 멈춰 서서 이렇게 말해보자.

"그럴 수도 있지 뭐."

04

밑줄에서
새로운 문장이
태어난다

사람의 죽음을 앞당기는 심리적인 요인이 두 가지 있다고 한다.

하나는 독서를 중단하는 것이다. 독서를 중단하는 것은 배움과 성장을 멈추겠다는 뜻이다.

또 다른 하나는 가능성을 믿지 않는 태도다. 이것은 꿈꾸는 것을 중단하는 것이다. 독서와 꿈꾸는 것이 멈추었을 때 사람은 죽기 시작하는 것이다.

책을 읽다 보면 마음에 와닿는 문장들을 발견하게 된다. 따스한 햇살을 받으며 해변의 백사장을 걷다가 진주를 발견한 느낌이다.

마치 오래전부터 나를 기다리고 있었던 듯 느껴지기도 한다. 저자가 빚어낸 문장을 따라가며 감탄하고 고개를 끄덕인다.

밑줄 친 문장을 여러 번 곱씹다 보면 그 문장은 나의 경험과 감정에 포개어지고, 삶의 어느 지점과 연결된다.

책에서 발견한 좋은 문장이 나의 문장이 되어 일상의 태도를 바꾸어 준다.

책을 읽고, 밑줄을 긋고, 쓰고, 생각하며 나를 단단하게 만드는 것이다.

05

읽다 보면
는다

무슨 일이든 처음은 힘들다.

독서도 마찬가지다.

낯선 여행길을 걷는 것처럼 어색하다.

하지만 조금씩 꾸준히 읽다 보면, 그 서투름은 자연스럽게 사라진다. 매일 걷다 보면 다리가 강해지고 매일 햇빛을 받으면 얼굴에 생기가 돌듯, 독서도 시간이 쌓일수록 분명한 변화를 만들어 낸다.

예전에는 무심히 지나쳤던 표현과 단어가 눈에 들어오고, 그 의미를 음미하는 여유가 생긴다. 한 문장을 여러 번 읽지 않아도 와닿는 순간이 오고, 작가가 말하고 싶었던 메시지가 자연스럽게 가슴으로 스며든다.

읽다 보면 사고도 성장한다.

책은 더 넓은 세계로 들어가는 통로가 되어 준다.

한번 열린 시야는 다시 좁아지지 않고, 더 큰 생각으로 이어진다.

같은 상황에서도 더 성숙하게 바라보고, 더 부드럽게 반응하게 된다.

이는 독서를 통해 쌓인 사고와 여유가 만들어낸 변화이다.

읽다 보면 표현력도 달라진다.

좋은 문장을 많이 접한 사람은 자연스럽게 좋은 문장을 쓰게 된다.

단어 선택이 세련되어지고, 문장의 호흡이 안정되며, 글의 흐름이 자연스럽게 이어진다.

꾸준히 읽는 사람은 결국 쓰는 힘을 얻게 된다.

결국 우리의 삶까지 달라진다.

무심코 지나치던 하루의 감정이 달라지고, 이전에는 보이지 않던 기회들이 눈에 들어온다.

나를 괴롭히던 문제들이 정리되기도 하고, 잊고 지냈던 꿈이 다시 살아나기도 한다.

그래서 독서는 꾸준히 하면 반드시 변하는 일이다. 매일 조금씩 쌓이는 문장들이 우리를 더 단단하고 지혜롭게 더 큰 사람으로 만들어 준다.

읽다 보면 늘게 되어 있다.

늦어도 괜찮다.

중요한 것은 멈추지 않는 마음이다.

늦어도 괜찮다.

중요한 것은 멈추지 않는 마음이다.

06

책을 쓰면
모험을 떠나는 것처럼
설렌다

난 책을 쓸 때 너무 설렌다. 마치 모험을 떠나는 것 같다. 한 글자씩 적어 가다 보면 또 다른 세계가 나타난다.

원고를 쓰기 시작할 땐 설렘의 감정만 찾아오는 건 아니다. 두려움의 감정이 동시에 밀려온다.

'내 원고를 출판사에서 받아줄까? 독자들에게 외면받지 않을까?'라는 두려움은 언제나 따라오지만 '이번에 쓴 이야기는 나를 어디로 데려갈까?'라는 기대와 설렘이 훨씬 크다.

두려움과 설렘 속에서 글을 써 내려가는 것이다.

나만의 지도를 들고 미지의 숲으로 들어가는 느낌이 너무 짜릿

하다. 어린아이가 소풍 가서 놀듯 즐기는 것이다. 어린아이가 놀면서 완벽을 추구하거나 좀 더 잘 놀기 위해 애쓰지 않듯 그냥 즐기면 된다. 마음을 비우고 그저 써 내려가면 된다. 그것이 책 쓰기를 즐길 수 있는 마음가짐이다.

책을 쓰다 보면 머릿속에서 맴돌고 있던 생각이 정리된다. 어릴 적 기억의 한 조각이 갑자기 떠오르기도 하고, '내가 이런 생각을 가지고 있었구나'라고 놀라기도 한다.

마치 모험 중에 예상치 못한 풍경을 마주한 것처럼, 글쓰기는 내 안에 숨겨진 세계를 서서히 밝혀준다. 그래서 나는 글을 쓸 때 더 솔직해지고, 더 겸손해지며, 더 깊어지는 것 같다.

많은 사람들이 책을 쓰는 것은 누군가에게 보여주기 위한 것으로 생각하는데, 사실은 자기 자신을 마주하는 일에 더 가깝다. 나의 기쁨과 슬픔, 두려움과 용기를 정직하게 바라보는 것이다.

책을 완성한다는 의미는 나의 긴 여정을 끝까지 걸었다는 뜻이기도 하다. 그리고 이 여정의 끝에, 한 권의 책이 손에 쥐어지는 멋진 순간이 찾아온다.

나의 이야기가 누군가의 하루를 위로하고, 마음을 흔들고, 희망을 주는 것이다.

07

나만의
언어를 갖다

우리는 매일 수없이 많은 말을 듣고, 말하며 살아간다.

그 말들 가운데 진짜 자신의 언어는 얼마나 될까?

대부분은 사회가 요구하는 표현을 반복하고 남의 생각을 빌려 자신의 입장을 설명한다.

독서는 이 흐름을 바꾸어 준다.

꾸준한 독서는 생각을 정리하는 힘을 가져다준다.

책 속의 문장들은 흩어져 있던 감정과 생각을 하나로 묶어준다.

이 과정이 반복되면 사람은 점점 자기 생각을 자신의 언어로 표현할 수 있게 된다.

같은 주제라도 작가마다 여러 다른 방식으로 풀어내는 것은 생각의 기준과 관점이 다르기 때문이다.

이 차이를 생각하며 읽다 보면 자연스럽게 여러 질문이 생기게 된다.

이 질문이 많아질수록 우리는 많은 언어를 받아들일 수 있다.

책을 많이 읽는 사람일수록 말이 단순해지는 경향이 있다.

불필요한 수식이 줄어들고 핵심만 남는다.

독서가 사고의 구조를 단단하게 만들기 때문이다.

생각이 정리되면 말과 글 역시 흔들리지 않는다. 책 쓰기를 시작하면 이 변화는 더욱 분명해진다.

읽고 쓰는 시간이 쌓일수록 자연스럽게 자신에게 맞지 않는 표현은 떨어져 나가고, 편안하게 쓸 수 있는 문장들이 남는다.

이때 비로소 나만의 언어가 만들어진다.

책 쓰기는
재능보다
용기다

많은 사람들이 글을 쓰지 못하는 이유를 이렇게 이야기한다.

"저는 글을 쓰는 재능이 없어요."

오랫동안 글을 써오며 알게 된 사실이 하나 있다. 글쓰기를 가로막는 것은 재능의 부족이 아니라, 시작을 두려워하는 마음이라는 것이다.

나도 첫 책을 쓸 때는 두려움과 걱정으로 가득했다.

'이 글이 과연 가치가 있을까?'

'누군가 읽고 비웃지는 않을까?'

'시간만 허비하고 괜한 짓 하는 건 아닐까?'

아직 쓰지도 않은 문장 앞에서 상처받을 준비를 한다. 그래서 펜을 들지 못하고, 키보드를 두드리지 못한다.

글은 처음부터 잘 쓸 필요가 없다. 아니, 잘 쓸 수가 없다.

아마존, 뉴욕타임스, 교보, 예스24, 알라딘 베스트셀러 1위를 차지하며 엄청난 화제가 된 론다 번 작가의『시크릿』에 이런 문장이 있다.

"믿고 첫걸음을 내딛어라. 계단의 처음과 끝을 다 보려고 하지 마라. 그냥 발을 내딛어라."

대부분의 글은 미완성으로 시작해서 다듬어지며 비로소 제 모습을 찾아간다.

많은 사람이 첫 문장부터 완벽해야 한다는 강박에 사로잡혀 있다. 하지만 완벽한 첫 문장은 존재하지 않는다.

존재하는 것은 단 하나, 불완전한 문장을 그냥 써 내려가는 용기이다.

책을 쓰는 것은 자신을 세상 앞에 드러내는 일이다.

내 생각과 감정, 기억을 꺼내 놓는다는 것이 쉬운 일은 아니다.

그래서 책 쓰기는 늘 약간의 떨림을 동반한다.

바로 그 떨림이 글을 살아 있게 만든다. 용기를 낸 사람의 글에는 체온이 남는다.

오늘 한 줄을 쓰느냐 마느냐는 재능의 문제가 아니라 결단의 문제다.

나는 한 가지는 분명했다.

잘 쓰고 싶다는 욕심보다, 쓰지 않아서 후회하고 싶지 않다는 마음이 더 컸다는 사실이다.

그 마음으로 조금씩 쓰다 보니, 결국 한 권의 책으로 이어졌다.

그 책 제목이 『살다 보면 마법 같은 날이 온다』였는데 정말 마법 같은 일이 일어났다.

글쓰기는 거창한 능력이 필요 없다. 조금만 용기를 내면 된다.

책은 재능 있는 사람의 전유물이 아니라, 용기 있는 사람에게 열리는 세계인 것이다.

09

작가가
하늘처럼
보이다

책을 쓰면서부터 작가가 하늘처럼 보이기 시작했다.

늘 그 자리에 있었는데, 어느 날 문득 고개를 들어 바라보니 비로소 존재가 느껴지는 것처럼 말이다.

하늘은 말이 없다.

다만 매일 같은 자리에서, 같은 방식으로 하루를 품고 있을 뿐이다. 맑은 날도 있고 흐린 날도 있지만, 하늘은 자신의 상태를 설명하려 들지 않는다. 그저 묵묵히 그날의 빛과 그날의 구름을 허락할 뿐이다.

작가의 삶도 이와 닮았다.

화려한 날보다 조용한 날이 많고, 성취보다 침묵의 시간이 길지만,

그 모든 날을 감당하며 자리를 지키고 있다.

하늘이 비가 온 날을 굳이 기록하지 않듯, 작가 역시 자신이 견딘 날들을 자랑하지 않는다.

하늘은 누구에게나 열려 있다. 부자에게만 푸르지 않고, 성공한 사람에게만 맑지 않다.

작가도 그렇다.

특별한 재능을 가진 사람만 글을 쓰는 것이 아니라, 자기 삶을 끝까지 바라볼 용기가 있는 사람이 글을 쓸 수 있다.

하늘을 올려다보는 일에 자격이 필요 없듯, 글을 쓰는 일에도 자격은 필요하지 않다.

하늘은 하루 만에 완성되지 않았다. 사계절을 건너며 조금씩 다른 얼굴을 보여준다.

작가의 문장도 그렇다.

처음부터 깊을 수 없고, 한 번에 닿을 수도 없다.

다만 쓰고, 또 쓰다 보면 어느 날 문장이 넓어지고, 시야가 트이며, 누군가의 하루 위에 조용히 드리워질 수 있다.

독자는 작가에게 기대를 걸기도 한다.

위로해 달라고, 답을 달라고, 길을 보여 달라고 말이다. 하늘은 방향을 가르치지 않는다. 그저 떠오를 햇빛을 허락하고, 쉴 구름을 내어 줄 뿐이다.

　좋은 작가란 해답을 주는 사람이 아니라, 생각할 여백을 남기는 사람인지도 모른다.

　작가가 하늘처럼 보인다는 건 그만큼 오랫동안 성실하게 자기 자리를 지켜왔기 때문인 것 같다.

완성도보다
완주가
중요하다

우리는 무언가를 시작할 때 늘 같은 고민에 빠진다.

'이 정도로 괜찮을까?'

'조금 더 있다 시작해야 하지 않을까?'

그 고민은 신중한 것처럼 보이지만 가장 정교한 미루기이다. 완성도를 이유로 한 망설임은 가능성을 시작도 전에 접어버리게 만드는 것이다.

돌이켜보면 인생을 바꾼 순간들은 완벽해서가 아니라, 끝까지 해냈기 때문에 가능했다.

처음 쓴 글을 지금 다시 보면 부끄러울 정도로 미숙하고 시행착오

투성이다.

그럼에도 그 시간들이 의미를 갖는 이유는 단 하나.

중간에 포기하지 않았다는 것이다.

완성도는 결과의 문제이지만, 완주는 태도의 문제다.

태도는 우리를 성장시킨다.

완성도에 집착하는 사람은 시작 앞에서 멈추고, 완주를 목표로 삼는 사람은 과정 속에서 단단해진다.

글쓰기에서는 이 차이가 더욱 분명하다.

처음부터 잘 쓰는 사람은 거의 없다.

좋은 문장은 타고나는 것이 아니라, 끝까지 써본 사람에게만 주어지는 보상이다. 한 권을 완성하지 못한 채 다듬기만 한 문장은 영원히 미완성으로 남지만, 서툴러도 끝까지 쓴 글은 다음 글을 더 나아지게 만드는 영양분이 된다.

완주는 자신과의 약속을 지키는 일이다.

오늘의 글이 마음에 들지 않아도, 오늘의 분량을 채우는 것.

지금은 부족해 보여도, 목표로 했던 곳까지 가보는 것.

이 반복이 쌓이면 어느 순간, 자신도 놀랄 만큼 멀리 와 있는 자신을 발견하게 된다.

완주를 해본 사람만이 완성도를 말할 자격이 생긴다.

끝까지 가본 사람만이 무엇이 부족했고, 무엇을 보완해야 하는지 알게 되기 때문이다.

완성도는 목표가 아니라 결과이며, 그 결과는 언제나 완주의 뒤편에 서 있다.

조금 부족해도 괜찮다.

완벽하지 않아도 충분하다.

중요한 것은 멈추지 않고, 끝까지 가는 것이다.

완성도보다 완주가 훨씬 중요하다.

그 완주는, 당신을 다음 단계로 데려다줄 가장 확실한 길이 되어 줄 것이다.

11

읽고 쓰는
삶이
일상이 되다

어느 순간부터 삶이 조용해졌다.

소음이 사라진 것이 아니라, 마음의 중심이 생겼다. 그 중심에는 책한 권과 빈 노트가 놓여 있었다. 읽고 쓰는 일은 더 이상 특별한 취미가 아니라, 하루를 살아가는 가장 기본적인 태도가 되었다.

책을 펼치면, 다른 사람의 인생을 잠시 빌려볼 수 있다.

고통의 시간을 함께 건너고, 후회의 밤을 같이 지새우며, 아직 도착하지 않은 희망까지 미리 만나게 된다. 그렇게 한 문장, 한 문장을 따라가다 보면 내 삶의 질문들이 선명해진다.

왜 이 길을 선택했는지, 무엇을 포기하지 못하는지, 앞으로 어떤 사

"

람으로 살고 싶은지 말이다.

쓰는 것은 그 질문에 대한 조심스러운 대답이다.

정리되지 않던 생각이 글로 옮겨지면, 감정은 비로소 자리를 찾는다.

글을 쓰는 동안은 내 인생을 변명하지 않고 바라보게 된다. 잘한 일은 과장하지 않고, 부족한 부분은 숨기지 않는다. 문장은 거짓을 오래 견디지 못하기 때문이다.

그래서 쓰는 사람은 조금씩 솔직해지고, 솔직해진 만큼 단단해진다.

읽고 쓰는 삶이 일상이 되면 하루의 느낌이 달라진다.

같은 하루인데 덜 소모되고, 덜 후회하게 된다.

지나간 장면들을 무심코 흘려보내지 않고 기록으로 붙잡을 수 있기 때문이다. 평범한 아침, 무심코 지나친 표정, 문득 스친 생각 하나까지도 글이 되며 삶의 일부로 남게 된다.

그렇게 하루는 사라지는 시간이 아니라, 쌓이는 시간이 된다.

일이 뜻대로 풀리지 않는 날에도, 관계가 버거운 날에도 나는 책과 만난다.

책 속에 답이 있기 때문이다.

이미 수많은 사람들이 같은 고민을 안고 살아왔고, 그 시간을 견뎌

냈다는 사실만으로도 충분한 위로가 된다. 그 위로를 나의 언어로 다시 써 내려간다.

작은 반복이 생각을 만들고, 생각이 태도를 바꾸며, 태도는 내 삶을 양지로 이끌어 준다.

어느 날 문득 돌아보면, 예전과 같은 자리에 서 있는데도 전혀 다른 풍경을 보고 있는 자신을 발견하게 된다.

읽고 쓰는 일이 일상이 된 사람은 쉽게 길을 잃지 않는다.

삶이 흔들릴수록 더 깊이 읽고, 더 정직하게 쓰는 사람은 결국 자기 자리로 돌아온다.

12

책을
출간하고
찾아온 변화

책을 한 권 세상에 내놓고 나니 많은 변화가 생겼다.

어디를 가든 "작가님"이라는 호칭으로 불리기 시작했다. 네이버에 인물 등재가 되어 내 사진과 프로필이 나오고, 내 책 제목을 검색하면 책과 내 이름이 나온다. 책을 읽은 독자들이 인스타그램과 블로그에 게시물을 올리고 책 잘 읽었다는 DM도 꽤 많이 받는다. 책을 들고 와서 사인을 요청하는 분들도 있고, 사진을 찍어달라는 분들도 있다.

초등학생인 딸은 주위에 자랑하기 바쁘다.

"우리 아빠 작가다."

"선생님, 우리 아빠 작가예요."

강의 요청도 들어오고, 언론사 인터뷰도 했다.

너무 감사한 일이다.

책을 읽기 전의 나는 쉽게 내 인생을 흘려보냈다.

힘든 날은 그냥 힘든 채로, 기쁜 날은 바쁜 채로 지나가곤 했다.

하지만 독서를 시작한 이후로는 하루를 함부로 대하지 않게 되었다.

하루를 살아내는 태도가 달라졌고, 말 한마디를 고르는 기준도 조금은 더 신중해졌다.

가장 크게 달라진 것은 사람들의 시선이 아니라, 나 자신을 바라보는 시선이었다. 예전에는 '이 정도 생각은 누구나 하지'라고 넘겼던 생각들이, 이제는 '이 생각도 누군가에게는 도움이 될 수 있겠구나'라는 가능성으로 다가왔다.

그 생각으로 인해 나의 경험을 하찮게 여기지 않게 되었다.

실패도, 방황도, 평범한 일상도 모두 글이 될 수 있는 재료가 되기 때문이다.

글을 쓰는 일은 혼자 하는 작업이지만, 책이 되고부터는 혼자가 아니라는 생각이 든다.

내가 쓴 글이 누군가의 하루에 작은 의자가 되어 주고 있다는 사실은, 그 어떤 성취보다 크다.

물론 이런 변화가 늘 따뜻하지만은 않다.

책을 출간하면 생각보다 많은 부담을 감당해야 한다.

"왜 쓰셨나요?"

"다음 책은 언제인가요?"

"저는 작가님 글에 공감하지 않는데요."

이런 질문과 코멘트 앞에서 나는 나의 삶을 다시 점검하게 된다.

글과 일치하는 삶을 살고 있는지, 부끄럽지 않은 태도를 지키고 있는지 스스로에게 묻게 된다. 그 질문들은 부담이기도 하지만, 내 삶을 더 단단하게 만들어 준다.

책 출간 이후, 나는 예전의 나로 돌아갈 수 없게 되었다.

세상을 바라보는 눈이 달라졌고, 언어를 다루는 태도가 달라졌으며, 무엇보다 내 삶을 대하는 마음이 달라졌기 때문이다.

책 한 권이 내 인생을 완전히 바꿔 놓았다고 말하기에는 과장일 수 있다.

하지만 분명한 것은, 책 한 권이 내 인생의 방향을 조금 더 분명하게 밝혀주었다는 것이다.

그래서 나는 오늘도 읽고, 쓴다.

에필로그 ────────────────

이 책의 마지막 장을 덮고 있는 지금

당신의 마음속에는 어떤 문장이 남아 있는가?

어떤 장면이, 어떤 문장이, 어떤 다짐이 머물러 있는가?

나는 이 책을 쓰며 다시 한번 확신하게 되었다.

사람은 생각하는 만큼 자라고, 읽는 만큼 넓어지고, 쓰는 만큼 깊어진

다는 사실을 말이다.

돌이켜보면 내 인생은 거창한 전환점으로 바뀐 게 아니다.

드라마 같은 기적이 어느 날 갑자기 찾아온 것도 아니다.

그저 매일 조금씩 책을 읽었다.

피곤한 날에도 단 한 페이지라도 읽었고, 의욕이 없는 날에도 책장을

넘겼다.

아무 변화가 없는 것 같던 시간들이 쌓이고 쌓여

어느 순간, 내 생각이 달라져 있었다.

그리고 생각이 달라지니 선택이 달라졌다.

선택이 달라지자, 삶의 방향이 달라졌다.

책은 조용히, 깊숙이, 오래 남는 변화를 만들어 낸다.

당신의 어휘를 바꾸고, 당신의 질문을 바꾸고, 당신의 태도를 바꾼다.

남과 비교하는 사람이 아니라, 어제의 자신과 비교하는 사람으로 만

든다.

나는 독서를 통해 빨라지기보다 단단해지는 법을 배웠다.

더 많이 가지기보다 더 깊이 생각하는 법을 배웠다.

그리고 무엇보다 타인의 삶을 존중하는 법을 배웠다.

누군가의 말에 휩쓸리지 않고, 세상의 속도에 쫓기지 않고

자신만의 기준을 세울 수 있는 사람.

책은 당신을 조금 더 당신답게 만들어 줄 것이다.

나 역시 앞으로도 계속 책을 읽을 것이다.

읽고

생각하고

쓰고

또다시 읽을 것이다.

이 책이 당신의 삶에 큰 파도를 만들지 못하더라도 괜찮다.

잔잔한 물결 하나만 남길 수 있다면

그 물결이 당신의 내일을 조금이라도 맑게 한다면

나는 그것으로 충분하다.

앞으로 꾸준히 책을 읽을 당신을 응원한다.